Gichi Manidoo

Charles J. Musser

Traducción de
Victoria Livas

~

Cada paso que damos en la tierra nos lleva a un mundo nuevo.

–F. G. Lorca

DEDICATORIA

Para E. Las puertas de la jaula están abiertas. Vuela a
Capistrano, valiente golondrina, porque te espera todo el
misterio y el esplendor del mundo.

Arte de portada e ilustraciones por Nancy Aphroditae

CAPÍTULO UNO

Como la bolsa de oro de un caballero.

~Federico

Cuando conocí a Marie, me encontraba en la sala de calderas de una vieja casa en busca de unos documentos que podrían ayudar a mi empresa a vender el lugar.

Un vals español salía del teléfono en mi bolsillo. Había polvo por todas partes—tenía en los ojos, sobre la nariz, en la garganta, secándomela. Estornudé varias veces y, cada vez, me limpiaba la nariz en las mangas. Entonces, por el rabillo del ojo, noté que una sombra se movía. Al voltearme, me sorprendí al encontrar a una mujer parada ahí.

Estaba en medio de la escalera, y así es como siempre recordaría a Marie: a medio camino dentro de este mundo y a medio camino fuera de él. Aparentaba estar en sus treinta. Un cabello grueso, de color ocre oscuro, enmarcaba su rostro de tez morena. De sus aretes nativos americanos, colgaban unas plumas azules que le rozaban las mejillas, y los ojos le brillaban.

Me tomó un momento encontrar mi voz. "¿En qué puedo ayudarla?"

Inclinó la cabeza. "¿En qué puedo *yo* ayudarlo?"

"Disculpe, señorita, pero está invadiendo una propiedad privada".

"No, para nada. Soy la dueña de esta casa".

Estaba perplejo. Recordaba claramente al hombre que me había instruido en la venta de la casa. Era poco cortés, como si estar con otras personas fuera lo último que quisiese hacer. Tenía las manos sudorosas cuando las extendió para saludarme. Apretando los dientes, me dijo, "Usted no me importa mucho, señor, así que terminemos esto, por favor". Miró por encima de mí, hacia la carretera, como si prefiriese estar en cualquier otro lugar antes que allí conmigo.

"Sé que Carl Mulligan es el dueño de esta propiedad", le dije. "¿Y usted es su… hija?", ella entrecerró los ojos y frunció el ceño. "¿Hermana?"

"Soy su esposa, Marie".

"Lamento escuchar eso". Dije sin pensar, y me estremecí.

Ella sonrió levemente y dijo en voz baja: "Gracias. ¿Y usted es…?"

"Federico. Federico García. Soy su agente de bienes raíces". Como el hombre alto que soy, sé que puedo parecer intimidante en ocasiones, así que hice todo lo posible por empequeñecerme y parecer inofensivo. Dejé caer los hombros, metí un poco la barbilla y giré el cuerpo para colocarme justo frente a ella.

Bajó el resto de la escalera, deteniéndose a unos seis pasos de distancia de mí, y cruzó los brazos sobre el pecho. Mi teléfono comenzó a reproducir *"No volveré"*. Mientras se escuchaba, su cuerpo se balanceaba al ritmo lento y simple de la canción.

"¿Sabe bailar?", le pregunté.

Se detuvo y rio. "Ojalá supiera. Me gusta practicar en el patio. La música hace eco en los viejos árboles. Es mucho mejor que bailar en un estudio repleto de gente". Miró a través de la sucia ventana en lo alto de la pared. Volví la mirada y advertí un árbol disecado en el patio. "Solía bailar con mi hermano. Él y yo inventábamos pasos y se los presentábamos a nuestros padres, frente a la fogata en invierno, y afuera en el huerto en verano".

"Sé bailar vals", dije, lamentando mi atrevimiento casi al momento en el que las palabras me salieron de los labios.

Nuestros ojos se encontraron y nos quedamos mirándonos el uno al otro. "Alguien me enseñó a bailar vals una vez, pero fue hace mucho tiempo". Su rostro se relajó. Me hizo sentir que me reconocía, que me recordaba de algún lugar de su pasado. Sin embargo, eso era imposible, porque estaba más que seguro de que nunca la había visto antes. "¿Tal vez pueda ayudarme a recordar?", preguntó ella.

Para mi sorpresa, respondí: "Me encantaría". La canción terminó. "Pero, desafortunadamente, no tenemos música". Pude simplemente haber reproducido de nuevo la canción. Puede que fuera un hombre de cuarenta años, pero me sentía tan cohibido y tan torpe como un adolescente de catorce.

Ella se acercó y se paró frente a mí. De cerca, sus ojos cafés tenían toques verdes. Eran muy hermosos.

"¿No puede escuchar la música que nos rodea?"

"Solo puedo escuchar la caldera", le dije.

"Entonces *sí puede* oírla".

Extendió la mano para tomar la mía. Al tocarnos, la vieja caldera se encendió con un fuerte ruido. Dí un respingo, asustándola.

"Lo siento", dije. Ella asintió. La caldera rugió como un dinosaurio de cobre entre pilas de libros y cajas. A lo lejos, el parpadeo de una luz fluorescente defectuosa hacía que la habitación entrara y saliera de las sombras.

Y así fue como me encontré con una mujer casada en mis brazos, bailando un vals con la silenciosa percusión del vapor ambientándonos.

"No soy muy bueno bailando", le dije. Sin embargo, no tuve que pensar en los pasos con Marie. Me sentía como si, a pesar de que éramos completos desconocidos, ya hubiésemos hecho esto antes. Nervioso, pisaba sus pies. Mi expresión, de seguro, revelaba mi preocupación y vergüenza.

Me apartó un mechón de cabello de la cara. "No importa, Federico. No duele".

Un día lluvioso de la semana siguiente, en un pequeño café, almorzamos y hablamos sobre su trabajo como enfermera. Estaba de buen humor, radiante y juguetona. La sonrisa en su rostro parecía crear un capullo de felicidad a nuestro alrededor que mantenía a raya al resto del mundo gris. Cuando le pregunté sobre su marido, su sonrisa vaciló. No desapareció, sino que se volvió menos real.

Me saqué dos entradas para el teatro del bolsillo y las coloqué junto a su tazón de pastel de fresa. Las miró.

"¿Qué es esto?"

"Una producción de una compañía itinerante de un musical de Broadway". Revolví una cucharadita llena de miel en el té y bebí un sorbo. "*El Rey León*. Un montón de animales hablando, cantando y bailando. ¿Lo has escuchado?".

"Por supuesto que lo he escuchado". Ignorando sus fresas, miraba los boletos con ojos abiertos. Cogió uno y lo examinó. Bajando el boleto de vuelta, los empujó hacia mi plato.

"Son regalos de un cliente", le expliqué. "Tengo una reunión esa noche y no puedo asistir. Lleva a tu marido. Tú das mucho por tus pacientes y por los demás, así que quise darte algo para ti". Doblé una servilleta como el ala de un pájaro, la coloqué sobre los tickets y los empujé hacia ella. Apartó la vista de la mesa, de las entradas, de mí. "No puedo. Además, no estoy realmente interesada en ver una obra".

Me encogí de hombros, recogí los boletos y me terminé el té

con sabor a miel.

Ella puso su mano sobre la mía. "A Carl no le gustan las personas. Es una fobia. Y es inseguro, no importa cuánto intente mostrarse como un hombre de negocios, como un tipo duro. Nos amamos. Solo que es diferente a la mayoría de las demás personas, creo", dijo.

"¿Cómo es diferente?"

"Algunos lo llamarían controlador y celoso. Yo lo llamo por lo que es. Él es… protector".

Observé su cara con atención. No hacía contacto visual y sus manos jugueteaban nerviosamente con un tenedor. "¿Cuántos amigos tienes?", pregunté.

"Tengo muchos amigos en el trabajo".

"¿Con cuántos amigos puedes salir de compras?, ¿tomar un café?, ¿ver una película?, ¿invitar a casa a cenar o simplemente pasar el rato? Dime la verdad— te gustaría ver la obra".

Se levantó para irse, su sonrisa se había desvanecido por completo de su rostro. "Tengo que regresar al trabajo". La presioné mucho y estaba arrepentido. Vacilando, se llevó los dedos de la mano derecha a los labios.

"¿Sí?", pregunté, mientras me levantaba.

"Si se cancela tu reunión y vas a la obra, ¿me la contarás?"

"Sí, por supuesto que lo haré. Y si veo un paso de baile decente de una gacela, prometo mostrártelo".

Ella asintió. "Gracias. No estoy segura a qué animal me

recuerdas, pero una gacela no está entre las opciones, Fede".

"¿No?", levanté una ceja, me puse la mano sobre la cabeza como un bailarín de flamenco, y giré en círculos cerrados sobre el pie al lado de nuestra mesa, derribando un vaso de agua. Observé cómo caía el agua desde los bordes del mantel mientras aplausos dispersos prorrumpían de los clientes del café.

Hice una reverencia ante Marie. Ella sonrió de nuevo.

"Te veo mañana", dijo ella sacudiendo la cabeza.

A la mañana siguiente, un sábado en el que su esposo estaba fuera por un viaje de negocios, fuimos de excursión a una montaña a unos veinte minutos de la ciudad. Era un día de otoño impresionante, el aire era fresco y puro. Vestida con unos vaqueros y un suéter amarillo, y con el pelo recogido, me siguió por el sinuoso camino que nos llevaba a la cima.

Llegamos a la cima, una pequeña meseta envuelta en un cielo sin nubes. Las coníferas crecían a nuestro alrededor y un roble solitario se erguía cerca de la cornisa, que dominaba un bosque pintado de color carmesí y unas tierras de cultivo debajo.

Marie se acercó a la cornisa, de espaldas a mí. Su proximidad al precipicio ante nosotros era desconcertante. Me paré justo detrás de ella, puse mis manos sobre sus hombros y miré sobre el acantilado.

Ella se recostó en mis brazos y los enlazó fuertemente a su alrededor. "¿Qué sucedería si saltáramos por la cornisa?, ¿

caeríamos, o volaríamos?"

"La razón me dice que caeríamos, pero el corazón me dice que volaríamos. Crecí en las montañas, ¿sabes? Siempre me he sentido conectado con ellas".

"¿Oh?, ¿dónde?"

"En Nuevo México. En la Sierra de Sangre de Cristo, cerca de Santa Fe".

"Ya veo. ¿De qué forma te sentías conectado con ellas?, ¿qué significaban para ti?"

Tuve que pensarlo. "Fui criado como un huérfano. Mi padre fue asesinado por el cartel de Guadalajara, en México. Y mi madre emigró aquí y me tuvo".

"Qué terrible".

Me encogí de hombros. "Nunca lo conocí, y ella murió cuando yo tenía ocho años, así que terminé en el sistema de acogida. De todos modos, las montañas siempre fueron silenciosas. Eran imponentes y con aire mágico. No necesitaban ser ruidosas ni agresivas para demostrar su fuerza. A diferencia de los hombres que salían con mi madre".

"¿Cómo se llamaba?"

"Marianela". Acomodé la barbilla en su cabeza.

"Que nombre tan bello".

"Lo es". Después de unos minutos, la alejé de la cornisa y la solté. Corrió hacia el roble y trepó a una rama baja y pesada. Me paré en la base, con los brazos cruzados.

"Me temo que no soy un mono".

Ella rio. "¿Nunca has trepado a un árbol? Si te empiezas a caer, te atrapo".

"Ehm, está bien. Si la rama se rompe, te visitaré en el hospital". Empecé a trepar y me puse a mí mismo en una posición precaria, a horcajadas sobre la gruesa rama. Me arrastré, colocándome cerca de ella una vez más. Al igual que los helechos humedecidos bajo la lluvia, ella se acomodó una vez más en mis brazos, de espaldas a mí y su suéter arrugado en mi boca. Lo empujé hacia abajo y le besé la nuca. Ella se estremeció.

No podía orientarme o pensar con claridad. Sabía que era la esposa de otro hombre, y que esto estaba mal, pero también sabía que esta intimidad era provocada por la montaña, el aire, la magia viva del mundo mismo que me mantenía ahí y me mantenía abrazándola.

Me pasó los dedos sobre el bíceps y luego por el interior del antebrazo, trazando el tatuaje de color verde y rubí. "Una rosa, qué encantador". Continuó tocándolo mientras contaba los pétalos con los dedos. "Doce".

Deslicé el brazo hacia atrás. Se giró para mirarme, con una suave sonrisa en los labios. "¿Un amor?"

Negué con la cabeza.

"¿Amantes?", preguntó y me guiñó.

"No tiene nada que ver con el amor".

Frunció el ceño, entonces volvió la cabeza hacia mí una vez

más y me susurró: "¿Me recitarías tu poema?, ¿ese en el que has estado trabajando?".

"Ya te lo he dicho, no es bueno. No te gustará".

"La verdad es lo que yo digo que es", contestó ella, imitando mi tono molesto.

Respiré hondo e hice una mueca. Odiaba el sonido de mi voz.

El cielo está repleto de llanto
de anteras. La rama del álamo
cuelga mi sombrero de paja, se despliega la niebla del río
como la promesa de sueños de un edredón

y sobre las cerdas de hierba, la luna,
una campana en silencio negro, suena
madura con loca promesa
como la bolsa de oro de un caballero.

Nos recostamos en la primera mañana de la Tierra,
volando como plumas de flecha,
tu pelo oscuro hacia mí,
se convierte en flores de jacinto.

Más allá de nosotros, el zorro flamea.
el búho en su ala,
caza al campañol del prado,
los matorrales se desvanecen como la lluvia,

y un semental, todo pezuña
y costilla, se levanta como el hierro
en el sol joven,
inmovilizado por tus ojos.

Después de unos pocos minutos de silencio, me dijo: "Sí, es malísimo, Fede".

Reí.

Un disparo explotó proveniente de un grupo cercano de árboles. Casi me caí de la rama, pero ella se giró, me agarró por los hombros con ambas manos y me devolvió a un equilibrio inestable. Nos aferramos el uno al otro mientras la explosión hacía eco. Cerré los ojos con fuerza, luchando contra los profundos recuerdos de los explosivos enterrados, el fuego de mortero entrante…

Mi estancia en Afganistán regresó a mí de golpe, y una oscuridad brotó de nuevo a la superficie. La ahogué lo mejor que pude.

Un ciervo salió disparado desde los pinos hacia nuestra posición a toda velocidad, como una flecha desde la sombra de la montaña. Se detuvo directamente debajo de nosotros. Su hocico y costillas se dispersaron hasta el cielo, y luego se derrumbó.

Bajamos. El cazador no estaba a la vista. Sostuve el brazo alrededor de la cintura de Marie y se aferró a mi camisa mientras observábamos como el animal tomaba su último, y dificultoso aliento.

Ella levantó la cara hacia mí. "Creo que deberíamos irnos", dijo. Tomé su mano y la conduje a través el camino sinuoso.

Un hombre salió de la maleza, con un rifle apoyado en la parte posterior del cuello, ambos brazos apoyados sobre el cañón y la culata, y una sonrisa en el rostro. Tenía veintitantos, con el pelo largo y barba tupida, y una gorra de béisbol roja en la cabeza. Se detuvo frente al ciervo, lo cortó en piezas y luego escupió en el suelo. Lo mirábamos fijamente.

"¿Qué demonios están mirando?", preguntó.

Algo dentro de mí hizo clic. Había conocido esta actitud y a este hombre en muchos aspectos antes. Marie me puso la mano en el brazo cuando di un paso adelante.

"Vámonos, Fede", susurró. "Por favor".

Sonreí a Marie. "Todo está bien", le dije, luego caminé casualmente hacia el hombre. Me detuve a unos seis pasos delante de él. Dio un paso hacia atrás y levantó la barbilla.

"La temporada de caza no es hasta dentro de un mes", le dije, sosteniéndole la mirada. Señalé el rifle. Él se estremeció. "Llevar un arma como esa es peligroso para los demás". Lentamente sacó el rifle y lo colocó de costado, apuntando el cañón al suelo.

"¿Qué te incumbe? Agarra a tu mujer y sal de aquí". Mientras hablaba, levantó un poco el cañón, apuntando hacia mi pie izquierdo. Me sonrió.

Di un paso más, manteniendo el contacto visual con él. Ahora no había más de tres pasos entre nosotros. Levantó el rifle un poco más, apuntando a mi abdomen.

"Fede", dijo Marie en voz alta. La ignoré. Sentía que lo desconocido crecía en mí, el guerrero, el lobo y el carcayú, los dientes largos, las garras afiladas. Mientras lo miraba a los ojos, sentí que un temblor le recorrió el brazo hasta los dedos sobre el rifle. Era miedo, y lo conocía bien—un viejo amigo.

No pude parar lo que pasó después. Lo intenté, luché contra eso, pero sucedió tan rápido que me sentí como en casa una vez más—supe quién era durante unos breves segundos.

Asegurándome de que su dedo no estuviera en el gatillo, agarré el cañón, me puse a un lado, lo torcí, puse la otra mano en la culata entre sus manos y forcé el cañón hacia abajo y luego hacia arriba como un rayo. El movimiento rompió su agarre, y el cañón se estrelló contra su ingle con un ruido sordo. Se tambaleó hacia atrás, tosiendo y sosteniendo su entrepierna.

Examiné cuidadosamente el rifle, abrí la recámara y expulsé las balas. Corrió de regreso a los arbustos de donde vino. Caminé hasta llegar al lado del ciervo, arrojé la recámara a los arbustos y luego metí el rifle en el suelo, barril primero, sobre las soberbias costillas del ciervo. Todo sucedió en el espacio de unos diez segundos, aunque al final me sentía tan cansado como si hubiera tomado toda una vida.

Respiré hondo y relajé los hombros. Marie me miraba fijamente mientras caminaba hacia ella.

Nos quedamos parados en silencio.

"Me recordaste a *él*, por solo un segundo", dijo en voz baja.

"Lo siento. Debí haberlo dejado ir". Me miré a los pies mientras me paraba frente a ella. Ella me tomó la mano y la sostuvo.

"Está bien. Todos cometemos errores".

Volvimos y bajamos la montaña. A pesar de mis mejores esfuerzos, había vislumbrado al extraño dentro de mí.

Cerca del suelo, se detuvo y se volvió hacia mí, mirándome a los ojos como si buscara algo. "Sabes, no puedo dejarlo. No sobreviviría. Él me ama a su manera, y yo lo amo a la mía".

Fruncí el ceño y abrí la boca para responder, pero ella negó con la cabeza. Quería decirle, *déjalo antes de...* Abrí la boca para hablar.

"No lo hagas. Por favor". Ella dio un paso adelante y me besó en la mejilla. Nos abrazamos. "No digas nada", susurró. Se apresuró a su coche. Me quedé mirando hasta que todo lo que vi fueron sus luces traseras mientras se alejaba.

Habíamos comenzado un ritual matutino. Nos reuníamos antes del trabajo en un pequeño banco de madera en medio de los imponentes pinos. El banco se encontraba al final de un camino de tierra que daba a un pequeño lago. Siempre llevaba dos cafés, uno para ella con leche de soja doble y sin azúcar, y otro para mí, negro con tres paquetes de miel. Nos sentábamos viendo al sol salir sobre los árboles al otro lado del lago.

Los árboles de arce habían comenzado su cambio anual a bermejo y naranja en Michigan. La luz del sol parpadeaba y le salpicaba la cara. Busqué el teléfono en mi bolsillo y le pregunté si podía sacarle una foto.

"Por favor, no lo hagas". Desde nuestra ida a la montaña, unos días antes, se había vuelto distante y distraída.

"Pero sería una foto tan hermosa", le dije. "Podría enviártela".

"No traigo mi teléfono aquí. Carl usa una aplicación para vigilarme. No aprobaría que yo esté aquí contigo". Apartó los ojos, bebió su café y dejó la taza vacía en el suelo junto a ella.

Levanté una ceja. "¿Te vigila?"

"Se preocupa por mí", respondió ella, sus dedos se movían inquietos en su regazo. "Quiere que esté a salvo".

"Entonces, tal vez no deberíamos estar…"

Ella se volvió rápidamente y me regaló una brillante sonrisa. "No. Disfruto de nuestras charlas, Federico. Y de nuestros bailes. Cuentas historias tan encantadoras. Es obvio que eres un escritor de corazón". Sonrojándose delicadamente, bajó la vista mirándose las manos. "Es solo que… es cierto que no me permite tener amigos, pero es porque es muy protector. Quiere que esté a salvo".

"Sí, a salvo". Miré mi café y pasé un dedo por todo el borde del vaso de papel.

Esta brillante mujer sentada a mi lado está viviendo en una jaula, me di cuenta. Me pregunté si ella sería capaz de entender cuán retorcido eso hacía el amor de Carl. *Las mentiras que nos decimos a nosotros mismos son las peores.*

Ella puso su mano en mi brazo, y me volteé para sonreírle. *No vayas a casa esta noche*, quería decirle.

"¿Te veré mañana?", le pregunté, en vez de aquello.

"¡Por supuesto!", metió la mano en el bolsillo de mi camisa, me arrebató el teléfono y puso "*No volveré*". Desde ese día en el cuarto de calderas, se había convertido en nuestra canción. Lo colocó de nuevo en mi bolsillo y se puso de pie. Me levanté con ella y caminamos bajo el fresco aire otoñal.

Cuando la canción terminó, ella se apartó y me miró a los ojos. "No te preocupes por mí. Soy adulta y puedo cuidarme".

Se dio la vuelta, vaciló, y entonces me dio un beso fugaz en la mejilla. Antes de que pudiera decir algo, gritó sobre su hombro, "*Adiós*, Fede", y desapareció en una curva del camino.

CAPÍTULO DOS

Déjà ressenti

~*Federico*

Llegué la mañana siguiente con los cafés en mano como de costumbre. El cielo se había tornado gris y pesaba sobre el lago. Esperé durante unos treinta minutos, y chequeé mi teléfono por tercera vez, pero no tenía mensaje alguno. Marie nunca llegó. Consideré mandarle un mensaje. Estaba ocupada, asumí, así que me fui al trabajo.

Regresé al día siguiente. Una vez más, no apareció. Comencé a preocuparme. Miré el teléfono, tan cerca de llamarla.

"No puede responder", dijo una suave voz femenina. Levanté la vista de mi asiento en el banco, sorprendido. La voz provenía de una adolescente vestida con una camiseta roja y unos vaqueros azules desteñidos, con las manos embutidas en los bolsillos de sus jeans. Tenía el cabello negro y corto, y estaba parada a la sombra de un alto árbol. Alrededor de su cuello, colgaba un atrapasueños hecho de cuentas y plumas.

"¿Me estás hablando a mí?", le pregunté.

Se acercó y se sentó a mi lado en el otro extremo del banco.

Una bandada de gansos voló sobre las copas de los árboles y rozando la superficie del lago, se posó cerca de la costa.

Estábamos sentados en silencio al tiempo que la miraba.

"Soy Elizabeth".

Tenía la mano derecha apretada en un puño. Lo golpeaba suavemente contra su muslo.

"Marie se está muriendo", dijo con naturalidad.

"¿Qué?", mis dedos se aflojaron y el café de mi taza se me derramó sobre la pierna.

"Pero puedes ayudarla, Federico". Juntó las manos y presionó la punta de los dedos sobre sus labios.

"¿Dónde está?, ¿está en el hospital?"

Elizabeth asintió. Toqueteaba una pluma larga que colgaba del atrapasueños. Sobre el lago, uno de los gansos batió el agua formando espuma con sus alas. "Pero eso no importa".

"¿Qué quieres decir con que no importa?, ¿qué le pasó? ¿Y cómo sabes mi nombre?". Me puse de pie y comencé a caminar impacientemente de un lado a otro, pasándome los dedos por el pelo.

"Ella quiere que te cuente lo que me sucedió. Y quiere que lo creas".

Me detuve. "¿Ella quiere que escuche una historia tuya? ¿Relatada por una chica extraña que nunca había visto antes?"

"Sí. Quiere que escuches y que me creas".

La miré a los ojos. Podría haber jurado que la conocía, pero nunca la había visto antes. Había algo en su mirada—siempre son los ojos los que nos atraen o nos alejan.

Negué con la cabeza. "¿Quién eres y cómo conoces a Marie?". Agarré la banca con ambas manos, atrapándola entre mis brazos. "¿Eres su hija?, ¿su hermana?".

"Ella no tiene hija. Y no, no soy su hermana". Volvió su mirada hacia los gansos, y di un paso atrás. Una nube de hojas naranjas y carmesí cayó a su alrededor, como mariposas muertas.

Me di la vuelta y me dirigí al camino. Necesitaba terminar esto ahora antes de caer en un agujero y luego no poder salir. ¿Estaba mintiendo? ¿Cómo supo quién era? ¿Acaso Carl descubrió que me había estado reuniendo con Marie y la había lastimado?

Detrás de mí comenzó a sonar una melodía familiar. Me di la vuelta. Elizabeth sostenía un teléfono celular, *"No volveré"* sonaba desde su altavoz.

Regresé a la banca y me senté a su lado.

"Es una melodía muy bonita", dijo y señaló la bandada de gansos.

Los gansos daban vueltas entre sí, deteniéndose al ritmo para girar en un círculo propio al unísono. Me senté allí, hipnotizado.

Para mi sorpresa, me di cuenta de que ya no eran gansos en absoluto, sino cisnes. Parpadeé dos veces, pero aún mantenían sus nuevas y majestuosas formas. Cuando me volví para mirarla, una de las plumas del atrapasueños brillaba. La miré fijamente a la cara, a los cisnes. Por un momento, todo eso me pareció familiar.

No era un *déjà vu*, sino un *déjà ressenti*. Ya lo había sentido antes.

"Si escucho tu historia y creo en ella, ¿dices que eso la ayudará?"

Ella asintió. "Y también tienes que contar la historia. Tienes que contarla…"

"¿Y a quién se supone que debo contarle la historia?"

"Eres un poeta, un escritor"

"¿Cómo sabes que soy escritor? ¿Y eso cómo la ayudaría? Al menos dime eso".

"No se suponía que fueras a ser tan molesto". Sus ojos brillaron hacia mí. "Esta *no* es la forma en la que quiero que vayan las cosas."

Se puso de pie y se dirigió hacia el lago. Con los brazos plegados su alrededor, su silueta contra la luz del sol parecía muy solitaria, como un cervatillo que se hubiera alejado y perdido de su madre. Fui y me paré a su lado, con los brazos cruzados.

"Dime cómo el hecho de escuchar tu historia puede ayudar a Marie. Entonces, tal vez haga lo que me pidas".

Ella inclinó la cabeza como si buscara las palabras adecuadas.

"No entenderías eso ahora", comenzó. "Cuando termine, lo harás. Pero si me crees, Marie tendrá una nueva vida. Ella será libre de nuevo".

Cerré los ojos y respiré hondo. Consideré alejarme, pero según esta extraña muchacha, el bienestar de Marie estaba en juego.

"¿Cuándo empezamos?", pregunté.

"No puedo quedarme más tiempo hoy, pero estaré aquí mañana. Alguien me necesita ahora. No lo olvides".

"Tengo buena memoria".

"Yo no". Se dio la vuelta, caminó por el sendero y desapareció en las sombras.

Una vez en casa, busqué en las noticias locales en línea y encontré lo que estaba buscando. Normalmente, una historia como esta no justifica una noticia, pero el esposo de Marie era rico y poderoso. El informe decía que una tal Marie Mulligan se había caído por un tramo de escaleras de una sala de calderas y había sufrido una grave lesión en la cabeza. Ahora, en coma y en estado crítico, estaba en la UCI del hospital Mt. Pleasant. Cuando la policía interrogó a su esposo, les dijo que ella se había tropezado y caído.

Dormí muy poco esa noche, imágenes de Marie en una cama de hospital pasaban por mi mente. Me levanté antes de que saliera el sol, agarré mi cuaderno, me detuve a comprar un café y un zumo de naranja, y luego me dirigí al parque. Llegué justo cuando el sol se deslizaba por encima del horizonte, y Elizabeth estaba allí según lo acordado. Su ropa era la misma. Con los puños de los vaqueros enrollados hacia arriba, se metió entre los cisnes de las aguas poco profundas del lago, con un par de zapatillas colgando de los dedos. Me sorprendió que los cisnes toleraran su presencia. Advirtió que me acercaba, saludó y trepó por la orilla caminando hacia mí.

Colocó sus desgastadas zapatillas en el banco a su lado y tiró de sus talones embarrados de lodo, subiéndolos y poniendo los brazos alrededor de las rodillas.

"Buenos días, Elizabeth", dije mientras me sentaba a su lado. Le extendí el jugo de naranja.

"Oh, no, gracias. Me gusta el café".

Le ofrecí el mío, pero ella negó con la cabeza. Me encogí de hombros y tomé un rápido sorbo del café.

"¿Listo?", preguntó ella.

"Si, *señorita. Vamos*". Saqué mi cuaderno.

"¿*Vamos?*"

"Vamos".

Se aclaró la garganta y una vez más jugueteó con una de las largas plumas del atrapasueños que le colgaba del cuello. Me sorprendió ver a un suricata plateado abriéndose camino a través de pastos pesados, no muy lejos detrás de ella. Saltó a su lado, sobre el banco, mirándome cuidadosamente. Sonreí con recelo, resignado a otra manifestación del extraño mundo al que había caído, y asentí. Satisfecho, el animal miró hacia otro lado y comenzó a acicalarse al tiempo que Elizabeth rompió a hablar.

"Todo comenzó cuando me desperté y no podía recordar quién era ni de dónde venía", comenzó.

CAPÍTULO TRES

Esperaba poder liberarla

~Elizabeth

Elizabeth salió de la oscuridad, al lado de un arroyo. No sabía dónde estaba ni cómo había llegado a ese lugar. El arroyo fluía a través de un camino esculpido por el bosque. Aunque todo estaba en silencio y en paz, algo estaba mal.

Mi *nombre es…* No podía recordarlo. Su nombre comenzaba con una 'E', de alguna manera lo sabía, pero recordar una sola letra no era nada tranquilizador. El aliento se le quedó atrapado en la garganta mientras esquivaba el filo del pánico.

Se quedó mirando al cielo. Era del tono más profundo del zafiro. Tan absorta estaba en el color, que se metió en un agujero y se cayó. Se sujetó a sí misma apoyando las palmas de las manos sobre el suelo, el impacto la recorrió desde los brazos hasta los hombros. Pequeños montículos de tierra fresca, como los que deja tirado un animal excavador, se encontraban alrededor de los bordes del agujero. Respirando hondo, salió y puso los ojos en blanco. El pecho se le comprimió. Arrastrándose hacia el arroyo, se lavó la tierra de las manos.

Con los nudillos blancos, dobló el puño alrededor de un arce joven y miró hacia el arroyo. Un banco de pequeños peces nadaba dibujando un remolino. Eran plateados, y destellaban con chispas de color naranja brillante. Las chispas se proyectaban de un lado a otro, como miles de estrellas parpadeantes. *Están hablando entre ellos*, pensó Elizabeth. Ladeó la cabeza para escuchar. Podía distinguir un suave susurro. Su respiración se hizo más lenta, y sus hombros se relajaron.

Miró su imagen reflejada en la superficie del agua, distorsionada por las ondulaciones, intrigada por su aspecto. El cabello rizado de color carbón enmarcaba una cara de tez oscura con ojos color caoba acentuada con una pequeña nariz. Sus labios, aunque fruncidos y apretados ahora, se relajaron con una sonrisa maliciosa. Frunció la nariz, sin reconocerla. Era suya, muy bien. Movió su cabeza arriba y abajo, los rizos de su cabello rebotaron como resortes desenrollados. Sacó la lengua, trató de lamer el extremo de la nariz, pero no pudo alcanzarla…

"Entonces, supongo que esta realmente soy yo", dijo en voz baja, dándose la vuelta, solo para asustarse al ver a un animal largo y delgado sentado en la hierba. La criatura era hermosa, del tamaño de un gato doméstico con brillantes ojos negros que sobresalían de los anillos oscuros de su cara alargada. Más marcas oscuras corrían transversalmente a lo largo de su espalda, contrastando fuertemente con el resto de su corto pelaje plateado antes de llegar al extremo de su larga cola.

La criatura plegó sus rechonchas piernas frontales sobre el pecho inflado en un esfuerzo por parecer más grande. Elizabeth imitó su pose, y se miraron. Le recordaba a una mangosta o quizás a un visón.

"¿Y bien?", dijo ella.

"Te puedo ver", dijo el animal. La nariz se le contrajo.

Ella se asustó. Un animal que hablaba significaba que *tenía* que estar soñando. "Creo que sí que puedes. Estoy aquí, después de todo".

"¿Y por qué estás aquí, niña humana?"

Intentó regresar a los oscuros pasillos de su memoria, buscando algo, algún retazo de antes de que saliera de la oscuridad. Solamente había una puerta cerrada.

"Se supone que no deberías poder hablar, ¿sabes? Y no sé porqué estoy aquí. Creo que podría estar perdida. No puedo recordar dónde está mi casa o cómo llegué aquí", dijo, golpeando el puño contra su muslo para ayudarse a despertar.

Nada parecía mágico o de ensueño en su entorno. Excepto por el animal que hablaba, por supuesto. "Y los peces que murmullan", dijo en voz alta.

El animal se sentó en cuclillas y, utilizando la cola para mantener el equilibrio, permaneció casi erguido. Movió su pequeña nariz. "Por supuesto que los peces pueden susurrar. ¿Y cómo puedes estar perdida? Estás justo aquí".

"Pero no sé dónde es 'aquí'".

El animal se rascó los bigotes. "*Aquí* es donde está aquí. Estás donde estás. Y si estás donde estás, nunca estarás perdida".

"Supongo", accedió a regañadientes. Ella podía ver la

lógica detrás de sus palabras, pero aun así se hubiese sentido mejor si hubiese sabido dónde estaba y cómo había terminado allí. Se encontró con su mirada. "¿Usted tiene nombre, Sr. Mangosta?".

El animal se enderezó aún más. "Definitivamente no soy una mangosta. Soy un suricata. Y mi nombre es Zaagitoon. Pero me puedes llamar Zaagi. Soy bastante raro".

"En eso estoy de acuerdo. No creo haber conocido un suricata que hable, o a un suricata de ningún tipo".

"Entonces tienes suerte de haberme conocido, niña humana".

"Eso parece. Un placer conocerte, Zaagi".

"Igualmente", dijo Zaagi. Se acercó, avanzando a través del pasto, olfateando. "¿Cuál es tu nombre?".

"Elizabeth", dijo sin pensar, y luego frunció el ceño ante la facilidad con la que había llegado a la respuesta. Esperaba que todo lo que quería saber apareciera en su cabeza de la misma manera. "Al menos creo que ese es mi nombre". Se encogió de hombros. "Bien podría mantenerlo así por ahora".

"¿Y esa cara qué significado tiene?", preguntó Zaagi.

"¿Qué cara?"

Zaagi arrugó la nariz, entrecerró los ojos y aplanó las orejas. "La que es como esta".

"Ah, te refieres a cuando frunzo el ceño", dijo Elizabeth, repitiendo la expresión. "Cuando hago eso, significa que no sé qué decir".

"¿Y por qué no decir simplemente eso?"

Puso sus manos en sus caderas y miró a Zaagi. "Bueno. ¿Qué tal si digo esto, entonces? No puedo recordar nada, tengo miedo, y no tengo tiempo para animales parlantes. Estoy soñando, evidentemente, y ya es hora de que despierte".

Zaagi meneó la cabeza. "¡Mucho mejor!, porque puedo ver que lo dices en serio. Si estás soñando y quieres despertar, comienza a decir cosas en las que sí crees. Fruncir el ceño es para los soñadores, creo. ¿Dónde está tu pandilla?".

"¿Mi pandilla?"

"Sí. Tu clan, tu familia. Tu pandilla".

"No lo sé. Y no sé dónde está mi hogar".

Se acercó y comenzó a olfatearla, su pequeña nariz negra se retorcía. "Te ves y hueles muy antigua. ¿Cuántos veranos has visto?".

"No estoy segura". Miró su cuerpo, sin sorprenderse en absoluto de no poder recordar la edad que tenía. "¿Catorce, tal vez?". El conocimiento no llegó a su cabeza de la misma forma que su nombre, pero había algo que parecía correcto en ese número.

Zaagi arrugó la nariz. "Eso es ser vieja. Yo he visto tres veranos, y estoy completamente crecido". Caminó de un lado a otro y ladeó la cabeza, como si estuviese reflexionando sobre todo lo que ella le había dicho. "¿Te vas a morir pronto?". Dio un paso hacia atrás, como si esperara que ella se desplomase en cualquier momento.

"Todavía soy joven". Hizo una mueca y se dejó caer al pasto.

Zaagi se arrastró a su lado y se dejó caer también. "Los humanos viven demasiado tiempo".

"¿Demasiado tiempo para qué?"

"Demasiado para preocuparse por sus corazones", Zaagi señaló. "Mira ese arroyo, ¿dónde termina?"

"No lo sé".

"Exactamente. Estás muy segura de que no se detendrá mañana como para preocuparte por ello. Morir nos hace raros. Si estuviésemos aquí para siempre, y lo supiéramos, no nos daríamos cuenta de las cosas importantes, que son siempre las cosas del corazón". Zaagi agitó los bigotes. "Estás frunciendo el ceño otra vez".

Elizabeth frunció el ceño de la forma más severa que pudo, entrecerrando los ojos, frunciendo los labios y frunciendo el ceño.

"*Así*", dijo Zaagi, señalando. "Ese es uno bueno".

Elizabeth relajó su rostro y puso los ojos en blanco. Zaagi se levantó y saltó de un lado a otro, murmurando: "¿Qué hacer con ella? ¿Dejarla?, ¿llevarla?, ¿llevarla, luego dejarla?". Se giró en un círculo y se detuvo. "Conozco a alguien que podría darte algunas respuestas. ¿Quieres que lo traiga?".

Elizabeth cerró los ojos, luchando por recordar, por captar incluso una pizca de imagen de una vida anterior. Pero nada surgió en su mente, excepto el vacío.

Con el labio superior temblando, se apartó de Zaagi,

luchando contra las ganas de llorar. Algo estaba allí antes, donde ahora residía el vacío. Como el amor.

Tenía que haber personas que la extrañaran. Tenía que haber *alguien*.

Con el tipo de seguridad que solo un corazón dolorido podía dar, Elizabeth tomó una decisión. Perseguiría este sueño, o lo que fuera, a donde fuera que la llevara. *Encontraría* el camino a casa.

Se enfrentó nuevamente a Zaagi, con una determinación que la impulsaba desde la columna. "Me encantaría tu ayuda, mi amigo".

"Entonces sígueme". Zaagi dio un brinco y miró por encima de su hombro. "Vamos".

"¿Por qué tengo que seguirte?", dijo ella juguetonamente. "¿No podemos ir uno al lado del otro?".

Zaagi asintió. "¡Eso mismo! Vamos a empujar la Roca de la Suerte cuesta arriba juntos, como dicen por aquí. Pero si no tenemos cuidado, la roca rodará hacia abajo y nos aplastará y nos convertirá en charcos de humano-suricata".

Elizabeth se rio. "No sé quién soy, pero sé que no es probable que *nada* me aplaste sin pelear, eso es seguro". Se pasó los dedos por el pelo y sacudió la cabeza.

"La Inaplastable Elizabeth". Zaagi alisó ambas orejas con sus patas y también sacudió la cabeza. A Elizabeth le pareció que también intentaba levantar una ceja, pero cuando eso falló, se rindió y agachó la cabeza.

Elizabeth asintió, y los dos caminaron por el arroyo hasta que encontraron un camino con un puente de madera destartalado. Se incorporaron al camino, luego pasaron por el puente y caminaron por una colina que pasaba de bosque a prado. Ella extendió su mano, pasándola a lo largo del campo de margaritas amarillas, púrpuras y rojas. Sentía los suaves pétalos en la punta de los dedos.

Por encima de un grupo de flores amarillas, sintió un movimiento, retiró la mano y se detuvo. Puso ambas palmas unos centímetros por encima de las flores y las movió en un círculo lento. Las flores siguieron sus manos, alcanzándolas.

"¡Zaagi! ¡Mira!"

"Solo son flores", murmuró Zaagi. "No hay necesidad de emocionarse tanto por ellas". A pesar de sus malas pulgas, se detuvo y olfateó una pequeña flor azul pálida que colgaba boca abajo de su tallo y parecía la mitad inferior de una escoba.

"Esa es muy hermosa", dijo ella en voz baja. "¿Cómo se llama?"

"Una campanilla", dijo Zaagi con reverencia. Con la punta de la pata, empujó la flor hasta que se movió como una campanita en el viento. "Tuve una amiga llamada Campanilla".

Elizabeth vio cómo su pequeña cabeza se hundía. "¿*Tuviste* una amiga?", preguntó dulcemente.

La cabeza de Zaagi se le hundió hasta el peludo pecho.

"Ella nunca volverá conmigo".

"Lo siento mucho". Ella se arrodilló y le acarició la espalda. Su pelaje era de como la seda más fina debajo de su palma.

"Está encerrada en una jaula. Esperaba poder liberarla".

"¿Es por eso que estabas en el arroyo?"

Sacudió la cabeza y sus viejos tonos irritados regresaron. "No, estaba esperando conocer a alguien que pudiera ayudarme. Pero luego viniste tú y lo espantaste".

"¿Lo hice?, ¿y si volvemos?"

"No. Él no regresará. Pero no te preocupes, nunca se aleja mucho".

"Si asusté a tu amigo, entonces te ayudaré hasta que venga. Me parece justo".

"No dije que fuera mi amigo. No es el amigo de nadie". Elizabeth pudo ver como un escalofrío corría bajo el pelaje de Zaagi cuando dijo esas palabras.

"Pero como iba él a ayudarte a liberar a Campanilla".

"Tampoco dije eso. Dije que me iba a ayudar".

"Bueno, te ayudaré a liberar Campanilla. Estuve encerrada en una jaula una vez y nunca volveré". Elizabeth se detuvo y arqueó la ceja. "Qué cosa más extraña acabo de decir. ¿He estado en una jaula?".

Zaagi se sacudió como si estuviera secándose el agua del pelaje. La miró fijamente. "Si insistes en pensar en voz alta, hazlo detrás de un arbusto, o en tu caso, en detrás de un árbol. Ahí es donde hacemos nuestras cosas privadas, muchas gracias". Se fue corriendo, gritando por encima del hombro. "Si quieres conocer a alguien que pueda ayudarte, tendrás que darte prisa".

Zaagi siguió avanzando, sin mirar atrás. Elizabeth se puso de pie y corrió tras él.

Cuando lo alcanzó, Zaagi resopló de forma desagradable. "Corres mal".

"Tú trotas mal". Ella sonrió y el suricata frunció el ceño. Miró detrás de ella hacia el arroyo. El corazón le latía en el pecho y la preocupación le retorcía las entrañas. Había venido de ahí, ¿y si también era la salida? ¿Y si iba en la dirección equivocada? Su paso vaciló.

Delante de ella, Zaagi gritó: "Mantén el paso, pequeña humana".

Con una respiración profunda, Elizabeth puso los ojos en blanco, dio la espalda al arroyo y siguió a su nuevo compañero a un mundo desconocido.

CAPÍTULO CUATRO

Giro por giro y vuelta por vuelta -Kipling

~Elizabeth

Al final de la pradera de flores, Elizabeth y Zaagi se encontraron con un campo de fresas salvajes. Ella se arrodilló para tomar algunas bayas, sosteniéndolas en una mano. Se las comió y, cuando terminó, se secó el jugo en las piernas de su pantalón. "¿Quieres una?"

"Para nada. Solo los suricatas hambrientos se comerían una fresa".

"Bueno, ¿qué te gusta comer entonces?"

Zaagi pateaba la tierra con nostalgia. "Escorpiones. Pero no he encontrado ninguno en este lugar".

"*¿Escorpiones?* Dios mío".

"Lo sé, son encantadores, ¿verdad? Pero no se dejan encontrar. Me las arreglo con escarabajos, ciempiés y serpientes".

Elizabeth puso cara de asco, pero se la ocultó a Zaagi volteando la cabeza. "¿Cuánto falta?"

"Está lejos". Miró al cielo. "Deberíamos reanudar nuestro viaje si queremos llegar antes del anochecer".

Elizabeth se quedó mirando al cielo azul sin nubes. El sol dorado le calentaba la cara. Bostezó y dijo: "Estoy cansada". Sentía los párpados pesados.

"Me gustaría volver a nuestro viaje", dijo Zaagi.

"Y a mí me gustaría dormir una siesta", respondió Elizabeth, imitando el tono molesto de Zaagi. "¿Por favor?" Se acostó entre las fresas.

Zaagi se sentó a su lado y meneó la nariz en señal de triunfo. "¡Ajá! ¿Cómo puedes tener sueño si estás soñando, eh?". Cruzó los brazos sobre el pecho, esperando.

Elizabeth entrecerró los ojos. "Tal vez... ¿hay sueños dentro de otros sueños?"

Ante esto, Zaagi suspiró y rodó sobre la espalda, con las patas moviéndose en el aire. "Aun así, persistes. Muy bien. Si debemos dormir la siesta, aunque sea algo inútil, ¿puedo al menos dormir sobre tu estómago? Luce muy suave".

Mientras se sentaban bajo el cálido sol, un hedor espeso y pesado que olía a aguas residuales los cubrió. Elizabeth sintió náuseas y se tapó la boca. Zaagi se dio vuelta, metió la nariz en la tierra y la frotó de un lado a otro.

Tres buitres gigantes, aleteando se posaron en el suelo, rodeándolos. Vísceras y sangre cubrían sus cabezas escarlatas y sus picos en forma de ganchos. Elizabeth se puso de rodillas y agarró a Zaagi, dándole un fuerte abrazo protector.

Zaagi se apartó de su abrazo y se puso de pie sobre las patas traseras, mirando a cada pájaro. Comenzó a hacer ruidos fuertes y rechinantes con sus afilados dientes. "Acérquense y morirán", dijo. Los pájaros arañaron el suelo con sus garras, pero se mantuvieron a distancia después de la advertencia de Zaagi.

"¿Qué haremos?", preguntó Elizabeth.

"No hay agujeros cerca, así que nos levantamos y peleamos", siseó Zaagi por la comisura de su boca.

Uno de los buitres levantó las alas como una falda, saltó hacia adelante sobre las garras y luego se acomodó de nuevo. Los otros dos siguieron su ejemplo, acercándose a Zaagi y a Elizabeth. Cada uno era al menos unos treinta centímetros más alto que ella.

Elizabeth contuvo su estómago afectado por el hedor. Recobró la calma. "¿Deberíamos correr?"

"¿Huir? ¿Quién eres tú?"

"¿Quién soy yo?". Los ojos de Elizabeth miraron a Zaagi mientras repetía su pregunta.

"¿Qué le sucedió a Elizabeth la Inaplastable?"

Elizabeth sacudió la cabeza con fuerza. El hedor le dificultaba pensar.

El buitre más cercano se abalanzó y atrapó a Zaagi en sus alas. Lo lanzó un par de metros en el aire. Zaagi dio varias volteretas y aterrizó con una suave caída en el pasto, a los pies de Elizabeth.

"¡Ay!", gritó Zaagi.

Zaagi se enderezó y salió disparado hacia adelante. Sus dientes de aguja se hundieron en un mechón de plumas y las arrancó de la pata del buitre. El buitre chilló y brincó, retrocediendo unos centímetros. Zaagi escupió las plumas ensangrentadas al suelo.

"¿Vieron eso? Pensé que rebotaría más", dijo el Buitre que estaba al frente a los demás. Zaagi parecía aturdido, pero bien.

"¡Paren ahora mismo!", gritó Elizabeth. "Déjennos en paz y váyanse, o—"

El Buitre Trasero se rio socarronamente: "No eres más que un saco de sangre confundido. Cierra el pico".

El Buitre Lateral croó: "Tenemos grandes planes para ambos".

"Cállate, idiota", dijo el Buitre Trasero al Buitre Lateral. "Vas a revelar nuestro plan de comérnoslos".

Elizabeth puso los puños en las caderas. "Ciertamente *no* nos van a comer. ¿Qué quieren?"

"Exigimos, exigimos... Oh, no lo puedo recordar", dijo el Buitre Delantero. "Solo comámonoslos".

"Tal vez deberíamos comerte a *ti*", dijo el Buitre Lateral al olvidadizo Buitre Delantero, mientras brincaba arriba y abajo y lo apuntaba con el ala. "Es un plan sabroso". Mientras hablaba, el Buitre Delantero se encogió.

"No, no, es un plan estúpido", dijo el Buitre Trasero al Buitre Lateral. "Él no sabrá bien—es fibroso y sin grasa". Miró a Elizabeth y a Zaagi. "Esos son las cenas sabrosas y ricas. Es hora de cortar y rasgar". El Buitre Trasero levantó la cabeza hacia el cielo y dejó escapar un grito desgarrador, y los otros dos se unieron a él.

"¿Por qué no se van, los tres?", dijo Elizabeth. "De todos modos, yo pensaba que solo comían cosas muertas".

El Buitre Trasero chilló: "¡Ella conoce nuestro plan! ¡Conoce nuestra idea de comer bolsas de sangre de no-muertos!"

Elizabeth bajó la cabeza, entrecerró los ojos, y miró a los buitres. Apretó los puños y levantó un brazo. "Si no se van, los golpearé a todos en sus traseros emplumados".

Zaagi miró a Elizabeth y luego miró a los buitres. Sus ojos se ensancharon y su mandíbula se endureció. "Sí. Ella tiene unas manos que golpean bien duro. Les dolerá peor que la Serpiente Diamante o las danzantes plumas rubí del fuego".

Mientras miraban a Zaagi y a Elizabeth, con los picos chasqueando, los buitres se acercaron. El Buitre Lateral se abalanzó sobre Elizabeth y rasgó su antebrazo.

Ella gritó y lanzó el puño contra su cabeza. Se escuchó un fuerte golpe y el buitre cayó de lado, con las alas extendidas. La sangre goteaba de la parte inferior del brazo de Elizabeth. Ardía como un fósforo en llamas sostenido contra su piel. El buitre batió las alas con fuerza y se levantó mientras Elizabeth se limpiaba la sangre de los vaqueros. Cuando volvió a mirar hacia arriba, los tres buitres descendieron a la vez sobre ellos, con las alas extendidas, formando una barrera entre sus cuerpos y la salida.

"Tengo un plan", dijo Zaagi. "Pero primero…" Hubo un cálido zumbido contra la pierna de Elizabeth cuando Zaagi se lanzó hacia uno de los buitres. Levantó las garras. Elizabeth se quedó petrificada. Zaagi se dirigía hacia sus fuertes garras. Vio un borrón plateado, el buitre chilló y Zaagi estaba a su lado otra vez. Había arrancado de una mordida muchas de las sangrientas plumas del buitre.

"Eres *rápido*". Elizabeth levantó una ceja. "¿Cuál es el plan?". Ella recogió un puñado de tierra, lo arrojó a los ojos del buitre más cercano, que había intentado escabullirse detrás de ella, y le dio una patada. Su pie aterrizó sólidamente en el costado de la cabeza del buitre, lanzando salpicaduras de sangre. El buitre se desplomó sobre el suelo y las alas se le sacudieron espasmódicamente.

"Peleas como un suricata, chica humana. Me sentiría honrado de estar en tu pandilla. Ahora distrae a los demás". Zaagi puso la cara en la tierra y comenzó a cavar. Pedazos de tierra y pequeñas rocas volaban entre sus piernas.

"¿Qué los distraiga?, ¿*cómo?*", susurró Elizabeth. Zaagi la ignoró. Una sombra salió disparada hacia ella cuando un buitre se lanzó hacia el suelo con las garras levantadas. Ella giró y le dio una patada en la cara. El montículo suelto de tierra se desplazó. Se tambaleó hacia atrás, tropezó con un grupo de plantíos de fresa y se dejó caer sobre la espalda. El buitre falló y viró hacia un lado. Ella levantó la vista cuando el buitre se estrelló contra el suelo.

Más tierra voló mientras Zaagi casi había desaparecido dentro del agujero, solo se veía la punta de su cola. Las tres aves se acercaron, y el hedor era tan espeso como las gachas podridas. Elizabeth se puso de pie y miró a su alrededor frenéticamente. Los buitres los rodearon de nuevo, borrando la luz del sol. No había manera de que Zaagi pudiera cavar lo suficientemente rápido para que un ser humano se zambullera en el agujero. Elizabeth miró a su alrededor, desesperada por encontrar una vía de escape para correr.

"Uh. Oh. Mira allí". Elizabeth señaló hacia un grupo de abedules. "El suricata está escapando por el otro extremo de su agujero. Vayan por ahí". Las tres aves giraron al mismo tiempo la cabeza. "¡Rápido, rápido, se está escapando!", gritó ella. Los tres buitres graznaron y se lanzaron al aire, y con las plumas flotando en su estela, se dirigieron hacia los árboles a los que Elizabeth señalaba.

Ella miró hacia abajo. Zaagi se había ido. Solo quedaba un agujero apenas más ancho que su cintura. "¿Zaagi?", gritó ella en el agujero. Silencio. Se arrodilló y miró a la oscuridad. Aunque la tierra era suave, le sorprendió que Zaagi pudiera cavar un agujero tan grande, tan rápido. El corazón le latía mucho más rápido. Respiró hondo para gritarle de nuevo cuando la cabeza de Zaagi apareció. Ella miró hacia afuera. Los pájaros, a unos cincuenta metros de distancia, se habían dado cuenta del engaño y volaban en el aire. Se abalanzaban sobre ella, gimiendo y chillando.

"¿Qué debo hacer? Ayúdame, Zaagi"—dijo Elizabeth, con los ojos muy abiertos. Sus puños rasgaron la hierba que rodeaba el agujero.

"Haz exactamente lo que te diga. Levántate". Elizabeth asintió y se puso de pie junto al agujero. Los buitres estaban más cerca ahora. Sus gritos casi ahogaban las instrucciones de Zaagi.

"Pon las manos lo más lejos posible de la cabeza, con los brazos rectos". Elizabeth levantó los brazos hacia el cielo. Los buitres se lanzaban directamente hacia ella, a solo veinte metros de distancia. Podía ver sus ojos de color pajizo inyectados en sangre enfocados en su cara. "Cierra los ojos y salta al agujero", dijo Zaagi.

Se le tensaron la garganta y el estómago. *¿Qué?*

"¡Hazlo *ahora*!", gritó Zaagi mientras su cabeza desaparecía en la oscuridad.

Elizabeth respiró hondo, cerró los ojos y saltó de pie al agujero. Mientras caía, los lados del agujero rasparon la piel de sus brazos. Oyó el *zumbido* de uno de los buitres que volaba sobre ella.

Aterrizó de espaldas y se golpeó la cabeza con algo duro y plano. Miro hacia arriba. La luz del sol radiaba arriba, a través del agujero y podía escuchar los gritos frustrados de los buitres. Sacudió la cabeza para despejarse.

Estaba en un túnel de un poco más de un metro de diámetro. Colocó la mano contra la pared del túnel donde se había golpeado la cabeza: era suave, como arcilla tibia. Zaagi estaba de cuclillas a su lado, mirándola. Brillantes chispas en la penumbra brillaban alrededor de ella. Se frotó la nuca. Le dolían los brazos por donde se había raspado con los bordes del agujero, y la zona en la parte inferior del brazo, donde el buitre la había arañado, estaba hinchada y morada, con sangre goteándo.

Las chispas de luz pasaban junto a ella en ambas direcciones y desaparecían en los confines del túnel, mientras otras nuevas pasaban en la otra dirección. La hizo sentirse mareada, e incluso mientras trataba de ignorarlos, pequeños destellos de luz le volaban sobre la cabeza y alrededor del cuerpo a la velocidad de un rayo, esquivándola apenas. *¿Luciérnagas?*

Limpió la sangre que goteaba de su brazo, se le enfrió el cuerpo y se le revolvió el estómago. Un zumbido crecía en sus oídos, y todo a su alrededor retrocedió en la distancia. Miró a Zaagi. Este se puso de pie sobre las patas traseras y se movió de un lado a otro. Alrededor de él giraba un halo de luciérnagas amarillas y sus ojos ardían de color rojo.

Lo último que recordaba antes de que todo se volviera negro era a Zaagi, que sonaba como si estuviera cantando. Recordaba la canción de algún lugar, tal vez de un libro que había leído, y trató de cantar con él.

En el hoyo donde entró.
Ojo Rojo llamó a Piel Arrugada.
Escucha lo que dice el pequeño Ojo Rojo:
"¡Nag, ven y baila con la muerte!"

"Despierta, Elizabeth. Este no es momento para dormir".
Ella abrió los ojos. Zaagi le devolvió la mirada. Sus temibles

ojos rojos habían desaparecido. La miró con los profundos y oscuros ojos marrones que ella conocía. Eso la tranquilizó.

"No creo haber estado durmiendo. Creo que me desmayé. Cuánto tiempo…"

"No mucho. Arreglé tu fuga".

"¿Mi fuga?". Se miró a sí misma. La herida en su brazo todavía estaba hinchada pero ya no sangraba, y la sangre que había goteado por su antebrazo había desaparecido.

"Sí. Sabes terrible, pero sé que tú arreglarías mi fuga si lo necesitara".

Zaagi había lamido su herida para limpiarla y detener la hemorragia. Era algo tan personal que se sonrojó. Se sentó lentamente.

"Gracias. Sí. Por supuesto que lo haría. Creo".

"¿Quién es Nag?"

Elizabeth entrecerró los ojos. Ese nombre era de un libro que alguien le había leído hacía mucho tiempo. Más allá de eso, no pudo ubicar la referencia.

"Creo que una serpiente, pero—no estoy segura". Suspiró.

"¿Una serpiente? Me encantaría tener una serpiente en este momento. Tengo el estómago vacío".

Elizabeth se estremeció y puso los ojos en blanco.

"Tengo que mostrarte algo, Elizabeth", dijo Zaagi.

"Ok, pero, ¿dónde estamos? ¿Qué son estos túneles? Tú solo no puedes haber cavado esto, ¿verdad?" Las luciérnagas seguían pasando a toda velocidad desde ambas direcciones. Zaagi puso la pata contra el costado del túnel, como si estuviera probando si era real o no. Lo miró fijamente, y luego la miró a ella de nuevo.

"No, estos no son míos. No sé si alguien los cavó alguna vez. Siempre han estado aquí. Creo que corren por la parte inferior de todo el mundo".

"¿Y qué son estas chispas voladoras?", preguntó Elizabeth. Intentó atrapar a una de las luciérnagas con su puño, pero esta evitó que la agarrara fácilmente.

"Nunca atraparás una, niña tonta. Yo no puedo atraparlas y soy mucho más rápido que un humano de movimiento lento".

"Hmmm. Creo que me muevo bastante rápido—evité que esos apestosos buitres te comieran como a un bocadillo", dijo ella y se cruzó de brazos.

"Por lo cual estoy agradecido. Me ayudaste a salvarnos".

Elizabeth entrecerró los ojos. "¿Qué tal si ambos nos salvamos?"

"Ningún suricata es un oasis, como se decía desde la antigüedad. Verdad".

"No sé lo que eso significa, pero puedo estar de acuerdo con eso. ¿Qué querías enseñarme?"

"Por aquí", dijo Zaagi y se fue correteando hacia el túnel. Elizabeth trató de ponerse de pie y se golpeó la cabeza. Se encorvó, pero eso era demasiado difícil de mantener, así que se puso a cuatro patas y comenzó a gatear.

El túnel, que giraba y se torcía a medida que avanzaban, estaba iluminado por las chispitas voladoras y podían ver bastante bien. El techo era suave, pero con arrugas, como si alguna vez hubiese fluido algún líquido a través del mismo. Zaagi no paraba de detenerse y mirarla por encima del hombro.

"Gateo lo más rápido que puedo", dijo ella. La suave arcilla del suelo del túnel era fácil para sus rodillas y manos. Después de aproximadamente media hora de gateo, llegaron a una bifurcación en el túnel. Zaagi eligió el camino de la derecha, pero se detuvo justo cuando entraron y se volteó hacia ella.

"No te me adelantes. Cuando me detenga, debes prometer que también lo harás".

"Lo prometo", dijo ella. Zaagi asintió y avanzó mientras Elizabeth lo seguía. Mientras se arrastraba, notó que las luciérnagas solo se movían en una dirección. Volaban desde detrás y se metían en el nuevo túnel. Ninguna volaba a la inversa. Esto cortó la luz a la mitad del túnel y lo hizo sombrío. Giraron en una pequeña curva y Zaagi se detuvo. Se incorporó en cuclillas y señaló.

"Ahí".

El túnel terminaba frente a ellos, bloqueado por un disco perfectamente redondo, tan negro que parecía absorber la luz. Las luciérnagas se estrellaban contra este y se inmolaban en pequeñas bocanadas de luz y humo. Solo cuando llegaron a su destino, en la superficie del disco, se hizo evidente el hecho de que incluso tenía una superficie. Sin las pequeñas explosiones de luz, parecía ser infinitamente profundo, como el pozo más oscuro y largo que se pudiera imaginar. Quería tocarlo, pasar sus dedos por encima o por la superficie. Se arrastró hacia adelante.

"Lo prometiste", dijo Zaagi. Estaba de pie, completamente erguido delante de ella. Ella sacudió la cabeza. Lo había olvidado y no podía apartar los ojos del disco negro.

"Lo siento, pero… ¿Qué es?"

Zaagi dio un paso atrás. Se acercó al disco y extendió la pata derecha hacia su centro. Elizabeth no se movió.

"Zaagi…"

"Mira"

Cuando la pata entró en el disco, hubo un silbido y una nube de humo blanco alrededor de su antebrazo. Lo mantuvo allí durante tres o cuatro segundos y luego lo sacó. El pelaje de su pata había desaparecido, dejando solo una piel gris con un tono rosado rojizo que se detenía en un anillo que rodeaba su antebrazo. Lo sacudió y lo lamió suavemente.

"Se come cosas. Creo que se lo come todo. Todos estos túneles están siendo comidos. Están en todas partes ahora y los túneles están desapareciendo", dijo. Suspiró y se sentó en cuclillas, mirándola. "Mi pelaje volverá a crecer, pero si lo mantuviera dentro más tiempo, no creo que hubiese quedado suficiente para que volviera a crecer. Creo que mi pata se hubiese ido para siempre".

Elizabeth se sentó con la espalda apoyada contra la pared. "Me estás asustando", dijo ella. "No sé dónde estoy, y dónde estoy está siendo comido vivo". Zaagi se acercó. Le puso la pata rosada sin pelo en la rodilla.

"No tengo respuestas, Elizabeth, pero te dije que sé dónde hay alguien que podría ayudarnos a encontrar a tu familia y tu camino a casa, encontrar a Campanilla y quizás decirnos qué está sucediendo. Necesitamos movernos rápido, antes de que esto…", se volvió para mirar el disco que ahora estaba más cerca que hacía unos minutos, "…se coma todo y se vaya al mundo que hay sobre la tierra".

A medida que el disco negro se abría paso hacia adelante, las paredes del túnel parecían convulsionarse— temblores que pasaban junto a ella y a Zaagi.

Elizabeth asintió. "Muéstrame el camino. Haremos esto juntos".

Zaagi señaló hacia arriba. "Por allá", dijo. Elizabeth se puso a cuatro patas en el centro del túnel. Zaagi corrió por su hombro hasta la espalda y comenzó a cavar un agujero en el techo. La suciedad caía a su alrededor mientras salían del agonizante túnel.

CAPÍTULO CINCO

Las palabras pueden ser deliciosas

~Elizabeth

Poco después de salir del agujero, encontraron el camino que habían estado siguiendo. Los buitres no estaban a la vista. Elizabeth tenía hambre y Zaagi la ayudó a buscar comida humana. Cuando se terminó una cena de dientes de león y colinabos, la última luz del día comenzó a tornarse oscuridad. Se asentaron debajo de un arco de zarzas y enredaderas, cerca del camino que dividía un campo de cicutas y nogales. Una suave brisa trajo un aroma de lavanda y jazmín.

Zaagi se comió un puñado de escarabajos gordos y púrpuras que había descubierto debajo de un viejo tronco podrido. Los fluidos corrían por su pecho y se acumulaban en su vientre. De vez en cuando, se llenaba la pata de estos y se la dirigía entera a la boca. Elizabeth evitaba mirarlo e intentó ignorar los crujidos. La cena terminó, Zaagi cavó una madriguera poco profunda y se quedó dormido casi de inmediato, pero Elizabeth estaba inquieta.

Se puso de pie debajo del arco, se estiró y miró al cielo.

"¿Padre? ¿Madre? ¿Dónde están?, ¿por qué estoy sola aquí?". Escuchó con atención, pero todo lo que pudo oír fue el susurro de las hojas.

No muy lejos, se alzaba una cicuta alta, revelada a la luz clara de una luna llena. Se acercó y se sentó debajo de sus ramas nudosas y extendidas. Bajo la sombra del árbol oscuro, se abrazó y empezó a mecerse.

"No quiero sentirme triste", murmuró.

"Entonces, ¿qué es lo que quieres, niña?", preguntó una voz profunda.

Elizabeth se sobresaltó y miró hacia arriba. A no más de seis metros de distancia, estaba sentado un coyote, perfectamente quieto excepto por su retorcida cola. Él la miraba. Sus ojos amarillos brillaban. Ella se levantó y presionó la espalda contra el tronco del árbol.

"Mi nombre es Marwolaeth", dijo. El sonido del nombre en su boca era un ceceo sibilante. "Pero puedes llamarme Coy, porque eso es lo que soy".

"No te tengo miedo", mintió. Salir con un suricata era una cosa, pero los coyotes eran calculadores y depredadores.

Coy se encogió de hombros y merodeó más cerca. "¿Por qué deberías tener miedo de mí? No quiero hacerte daño. No soy *tu* Marwolaeth".

Ella contuvo el aliento. "¿Qué quieres decir?"

"Es una palabra vieja: conceder un sueño misericordioso". El pelaje del coyote brillaba a la luz de la luna.

Observando a Coy, se sentó y ciñó los brazos alrededor de las piernas. "¿No todos los sueños son misericordiosos? ¿Qué es lo que quieres?".

"Se suponía que Zaagi y yo tendríamos una cita. Y tú la interrumpiste. Ahora lo alejarás a él, y a su corazón, de la verdad. Si te importa, déjalo ir", dijo Coy con un gruñido de tono grave.

"Estoy tratando de ayudarlo", dijo Elizabeth, y se dio cuenta de que este debía de ser a quien Zaagi estaba esperando cuando ella apareció. Miró la luna plateada a través de las ramas. Las hojas crujían en lo alto con la brisa. Se le agito el pecho, y apoyó la barbilla en las rodillas. "Necesito ayudarlo para que pueda ayudarme a encontrar a mi familia. Necesito recordar quién soy".

Coy se encogió de hombros. "¿Por qué debería preocuparme por tus problemas?"

"No estarías aquí hablándome si no quisieras algo de mí".

Coy la miró. "¿Cuál es el nombre de tu madre? ¿Tienes hermanos, hermanas?".

Se miró las manos y se las frotó, como si con el calor pudiera crear una chispa. "No me acuerdo. Hoy es el único día que recuerdo. Cuando intento recordar, es como llamar a una puerta cerrada con llave".

"Encontrarás lo que buscas en el centro, donde todos dormirán".

Elizabeth se enderezó. "¿El centro de qué?, ¿de estos bosques?"

"En el centro", repitió Coy.

"¿Qué centro?, ¿dónde?"

"Si respondiera, solo serían palabras. Las escucharías, pero no entenderías".

"Puedes decírmelas o puedes irte. Tú eliges, coyote", espetó ella. Se estaba hartando de los juegos de palabras. Todo este mundo parecía estar hecho de extrañeza y palabras.

"Es sencillo. Para entender las palabras, tendrías que comerlas, para que puedan formar parte de ti". Coy inclinó la cabeza. "Las palabras pueden ser deliciosas. O pueden ser amargas. Las probamos, tratamos de saborearlas y las escupimos".

Ella le echó un vistazo. "Coy es un buen nombre para ti. Eres tímido con la verdad y hablas con metáforas".

"¿Qué es una 'metáfora'?"

"Es cuando decimos que una cosa es otra para comprender esa cosa más profundamente".

Coy miró al cielo considerando esto. "Sí, así es como hablo. Quizás seas más sabia de lo que pareces".

"No sé cómo vas a ayudar a Zaagi. Es una criatura honesta que dice lo que piensa, mientras que tú ocultas todo y hablas con acertijos".

"Si no soy yo, ¿entonces, quién?"

"Yo lo ayudaré, como él me está ayudando a mí". Elizabeth se levantó y salió de las sombras de la cicuta. Quería poner distancia entre ella y Coy, pero podía sentir sus ojos clavados en la espalda.

Abrió los brazos a la luz pálida y se volvió haciendo un círculo. No podía avanzar porque no sabía a dónde iba. No podía regresar porque no sabía de dónde venía. Pero tenía que moverse, así que giró y giró, y los árboles pasaban como si estuvieran bailando. *Me gustaría bailar para siempre*, pensó.

"El mundo es lo único que gira para siempre". Coy se había acercado aún más sin que se diera cuenta.

"¿Acabas de leer mi mente?", preguntó Elizabeth mientras giraba, con el aire de la noche caliente sobre su piel. Observó al coyote mientras daba vueltas y vueltas.

"No, pero cuando entiendas *mi* metáfora, encontrarás a tu familia", dijo Coy.

Elizabeth frunció el ceño. "Mantente alejado de Zaagi. Tú puedes ser su Marwolaeth, pero él prometió ayudarme a encontrar a mi familia. No has hecho ninguna promesa, coyote. Y estas son palabras que puedes comer y tragar. ¿Entiendes?"

"Lo entiendo". Coy retrocedió, internándose en las sombras hasta que desapareció. Elizabeth se movió hacia el arco y se acostó junto a la madriguera de Zaagi. Su cabeza era visible, y roncaba suavemente.

Ella colocó la mano en la madriguera, sobre la suave piel de su cabeza y cerró los ojos.

CAPÍTULO SEIS

Ella escribía de la misma forma en la que bailaba

~Federico

Entre visitar a Elizabeth cada mañana y luego transcribir mis notas, hice todo lo posible por mantenerme ocupado vendiendo casas, pero mi mente no estaba en los negocios.

Mientras tanto, volví a la escena del crimen. Necesitaba un documento, una "descripción legal de la propiedad", para vender la casa de Mulligan. Carl se había mudado después del terrible "accidente" con su esposa y estaba viviendo en una mansión recién comprada. Me llamó para notificarme que no le molestaría si tuviera que acceder a la casa o mostrársela a los posibles compradores.

"No regresaré, así que siéntete libre de mostrar el lugar cuando quieras", me dijo por teléfono cuando estaba en el vestíbulo de la casa vacía.

"Prometo que estoy haciéndolo lo mejor que puedo. Por cierto, me enteré del accidente. Lo lamento muchísimo. ¿Cómo está su esposa?"

Hubo un largo silencio. "¿Qué le incumbe?", preguntó. Hubo otra pausa e intenté pensar en una razón adecuada para preguntar por ella, pero luego habló otra vez, y su tono se había suavizado. "Lo siento. No me di cuenta de que le importaba. Ella me dijo que se habían conocido, pero no me aclaró los detalles.

¿Cómo de bien la conoce, exactamente?"

"Oh, no muy bien, me temo. Hablamos sobre danza, si mal no recuerdo. Ella parecía bastante experta y bien informada al respecto. Yo no sé casi nada, pero sí sé que el *equilibrio* es un talento clave".

Otro breve silencio. "Me gustaría reunirme para discutir algunas cosas. Calle Oak Hills 3478, mi nuevo hogar. Esté allí alrededor de las 11:00 a.m. Adiós". Y colgó bruscamente.

Pero toda esa conversación estaba lejos de mi mente mientras descendía los escalones hacia el oscuro sótano de la casa desocupada. Una sola bombilla iluminaba las escaleras. En la parte inferior había un interruptor para encender el resto de las luces. Las encendí y miré el piso de cemento al pie de los escalones. No sé lo que esperaba ver, tal vez una presencia viva de Marie, alguna señal de su terrible destino, pero no había nada allí. Me sentí aliviado y decepcionado al mismo tiempo.

Revolví un archivador cerca de la vieja caldera, buscando la descripción de la propiedad. Abrí el último cajón al fondo y encontré un diario con pequeñas bailarinas. Curioso, lo abrí. Era el diario personal de Marie. Ella escribía de la misma forma en la que bailaba, con pequeños y precisos giros y espirales, cada letra fluyendo a la perfección, transformándose deliberadamente en la siguiente.

Cerré el libro y lo devolví.

¿Leerlo? ¿Cerrar el cajón y alejarme? Normalmente, no

dudaría en alejarme, porque no estaba escrito para mis ojos. Pero nada de esta situación era normal.

La vieja caldera se encendió con un estruendo. Pude escuchar una vez más la música que hacía. La decisión fue fácil.

Regresé a mi auto, tomé mi termo de café y mi bolsa de almuerzo, y regresé a la habitación de la caldera. Levanté una silla de jardín plegable, la desdoblé debajo de una luz fluorescente, levanté el diario, me acomodé y comencé a leer.

CAPÍTULO SIETE

Diario - Martes, 23/09/2000

~Marie

Hoy cumplí catorce años. Anoche soñé que estaba vagando por un bosque. Sus hojas verdes eran oscuras y brillantes, y el suelo cubierto de musgo brillaba como cristales. Cuando miré al cielo, era azul brillante. Estaba perdida al igual que la persona que había venido a encontrar. No tenía idea de cómo encontrarlo o cómo llegar a casa. Comencé a llorar antes de despertarme por completo.

Me di la vuelta, parpadeé, me froté los ojos y traté de volver a dormir, pero ya era demasiado tarde. Me senté y miré a mi alrededor para orientarme. Mis sábanas de color azul claro estaban tibias, pero estaba temblando. El camión de basura acababa de pasar. Tengo que aspirar mi alfombra blanca, pero primero necesito recoger toda la ropa, los libros y los papeles que he dejado por todo el piso. Este diario estaba en mi mesita de noche con una tarjeta que decía: "Feliz cumpleaños, Marie. Con amor, mamá y papá". No estaba envuelto, y la tarjeta era solo un pedazo de cartón del tamaño de una tarjeta de presentación. Las margaritas y las bailarinas en la portada blanca del diario no son algo que yo hubiera elegido para mí. Sin embargo, me sorprende que alguien se haya siquiera acordado.

Parker, mi hermano, está desaparecido. No vino a casa

después de la escuela ayer. Mamá, los padres de la escuela, los vecinos y la policía están buscando en todas partes, como en el agujero de pesca en Buck Creek detrás de la vieja curtiembre. Ese es su lugar favorito.

Hace dos días, trató de convencerme de que fuera a pescar con él. Tenemos esa conversación cada semana.

"Ándale", había dicho. Estábamos desayunando. Se comió una cucharada enorme de Fruit Loops y sonrió con toda la boca llena. La leche le goteaba por la barbilla. Tiene paladar hendido, y se veía asqueroso. Por lo general, tiene complejos con su apariencia, y soy yo quien le dice que es hermoso.

Ese día, hice una mueca y dije: "Estás siendo asqueroso". Se rio de mí mientras yo vertía las rayas de azúcar morena en mi avena descolorida, cogí una cucharada y la tiré de nuevo dentro del tazón. "No voy a tocar gusanos y no me voy a acercarme a los peces malolientes". Empujé mi tazón lejos. Todo me era asqueroso ahora.

Ahora se había ido. Me parece que no creo en Dios. Todos los demás parecen estar orando por él, pero yo no puedo hacerlo.

Papá ha empeorado desde las noticias. Se está muriendo de envenenamiento por el Agente Naranja. Luchó en Vietnam. Fue hace mucho tiempo, antes de que yo naciera, pero supongo que a veces algo puede penetrar en tu sangre y envenenarte poco a poco y no te das cuenta hasta que es demasiado tarde.

Mamá está aún más agotada que de costumbre. Ya tiene un

empleo de tiempo completo y dos de media jornada debido a que papá ya no puede trabajar y el gobierno ha negado la responsabilidad de su enfermedad. Ella luce veinte años mayor de lo que era ayer. Las pequeñas arrugas alrededor de sus ojos y mejillas se hicieron huecas y profundas durante la noche. Papá alterna entre gritarnos y llorar. Y no creo que mamá esté durmiendo, ya que está tan disgustada.

Supongo que eso es todo lo que tengo que decir ahora.

Me siento culpable, porque dormí bien anoche.

Regresa, Parker.

CAPÍTULO OCHO

Estoy pescando una estrella.

~*Elizabeth*

La luz pálida del sol de la mañana iluminó el campo alrededor de Elizabeth con un brillo superficial. Ella bostezó y se estiró. Zaagi todavía dormía bajo la trampilla, roncando y murmurando. Trató de ignorarlo, y pasó la mano sobre una parcela de violetas que había a su lado. Se estremecieron cuando su palma rozó las puntas de los pétalos.

Pensó en lo que el coyote le había dicho. *El centro de las cosas.*

Miró hacia arriba. Un pájaro azul hacía círculos sobre ella. En un cielo tan grande, eso no podría ser una coincidencia. Miró a las violetas que alcanzaban su mano mientras daba vueltas.

Decidió que quería encontrar el "centro". Tal vez sus padres estaban allí, esperándola. Se reunió en su propio centro, se levantó como un globo suelto en una neblina verde y fue hacia el pájaro azul. *Si esto es un sueño, entonces tomaré el control de las cosas.*

El pájaro azul dejó de dar vueltas y se quedó suspendido en el cielo. Agitó sus alas en un borrón, como un colibrí, como si la estuviese esperando. Elizabeth se fusionó con el ave—sus dedos se alargaron en puntas de alas, su piel cosquilleaba mientras las plumas crecían, sus ojos se inclinaban hacia los lados, permitiéndole ver en un mayor arco a su alrededor. El pájaro le entregó su cuerpo.

Después de que su shock inicial comenzara a disiparse, Elizabeth rodó, giró y se zambulló. Abajo, vio su cuerpo inmóvil, con Zaagi dormido a su lado. En el último segundo, se detuvo y ascendió hacia el cielo, hizo un giro y salió disparada. Rozó las copas de los árboles, frotó las puntas de las hojas con su suave y plumoso pecho. El aire se volvió flotante, lleno, ya no había espacio vacío.

Debajo de ella, el prado y el bosque daban paso a una alta meseta, seca y rocosa, excepto por los árboles de álamos y de capulines dispersos. El corazón le latía como un tambor. Giró y rodó, se zambulló y se apartó, jugando con la nada en un océano de aire.

Se dio cuenta del azor solo un segundo antes de que sus garras la agarraran por la espalda. Se retorció. Más rápida y más ágil que el gigante halcón, apretó sus alas contra el cuerpo y se lanzó hacia un pequeño estanque en un claro de abedules blancos.

Sin atreverse a mirar detrás, y solo a unos centímetros de la superficie del estanque, extendió sus alas y tiró de su cuerpo hacia la izquierda. El aire rasgó sus alas, casi arrancándolas de su cuerpo.

Una ruidosa salpicadura llegó por detrás cuando el halcón se estrelló contra el estanque. Salió disparada, labrando una línea recta en la tranquila superficie del estanque con la punta de una de sus alas, luego se elevó. Su pequeño corazón de pájaro azul le tronaba en el pecho. Giró como un sacacorchos bajo el sol brillante, triunfante.

Regresó y entregó el cuerpo del pájaro azul a su dueño. "Gracias", le dijo y luego se hundió a través de la niebla verde en su propio cuerpo una vez más. Arriba, el pájaro azul bajó sus alas dos veces y luego voló.

¿Cómo hice eso? se preguntó mientras se sentaba, jadeando. Se sentía como si hubiera corrido una maratón.

Miró a Zaagi, el cual se movió a su lado.

"Vas a causar muchos problemas por aquí, puedo verlo", murmuraba él.

Su corazón aún latía con fuerza, ella asintió. "¿Me viste hacer eso? Guau. Me pregunto si podría hacerlo de nuevo. ¿Puedes hacer eso también? ¿Cómo lo hice?".

Zaagi se puso de pie, se estiró y luego rodó en el polvo unas cuantas veces, bostezando. "Sí, efectivamente, lo vi. Tenemos lugares a dónde ir y la luz del día nunca es lo suficientemente larga para los asuntos de la vida". Sacudiéndose el polvo del pelaje, señaló el camino de la dirección por la que vinieron. "Ese camino lleva al centro de estos bosques. Y esa dirección…", señaló hacia el otro lado, "conduce al exterior, a la superficie de las cosas. Solo hay un camino".

Elizabeth se levantó de un salto y miró a ambos lados. "¿Qué camino nos llevará a mi familia y a Campanilla?"

"No estoy seguro, pero te dije que hay un dios que no está muy lejos de aquí y que podría ayudarnos".

"¿Un *dios*? No, definitivamente no me lo dijiste".

Zaagi se encogió de hombros. "Bueno, un semidiós".

"¿Sabrá ese semidiós por qué el mundo se está desmoronando?"

"Vamos a averiguarlo".

El camino que conducía hacia el exterior serpenteaba a través de abundantes bosques. Se curvaba hacia la izquierda y hacia la derecha, se inclinaba hacia abajo y luego hacia arriba. Aunque no podía estar vivo, casi parecía ondularse para arrojarlos a las altas zarzas que bordeaban ambos lados. Ella se preguntó si era causado por los discos negros que consumían desde abajo el suelo que atravesaban.

Mientras caminaban, Elizabeth observaba a Zaagi de cerca. Su delgada cola apuntaba al cielo.

"No eres de aquí, ¿o sí, Zaagi?"

Zaagi la miró y negó con la cabeza. "Apenas. Este es un lugar horrible; árboles y hojas y hierba por todas partes. Todo está mojado y pegajoso. ¿Cómo se puede ver lo que está pasando sin largas vistas de arena seca y polvo?"

"Pero, ¿cómo llegaste aquí?", preguntó Elizabeth.

"Me desperté aquí. Justo como tú lo hiciste, supongo".

"¿Con tu amiga, Campanilla?"

Los pasos de Zaagi vacilaron por un momento.

"Sí", dijo en voz tan baja que casi no lo oyó. Luego aceleró el paso.

El camino que se retorcía se ensanchó cuando los árboles se separaron para revelar un claro con un lago de cristal. Un niño estaba sentado en una roca junto a la orilla, con una caña de pescar en la mano y un sombrero de ala ancha sobre los ojos.

"Ahí está", dijo Zaagi.

"¿Dónde?", preguntó Elizabeth, escaneando la orilla.

"Ahí", insistió Zaagi. "Todos los humanos son semidioses".

"¿Yo también?", preguntó Elizabeth.

Zaagi asintió. Se paró cerca de ella y la miró a los ojos. "Tienes que ser muy, muy cuidadosa, Niña Humana".

"Por favor, deja de llamarme así. Mi nombre es Elizabeth. ¿Y por qué tengo que tener cuidado?"

"No puedes recordar tus errores".

"¿Por qué querría recordarlos?"

"A veces los suricatas a duras penas sobreviven cuando cometen el primer error, y mucho menos si hay un segundo. Ustedes los humanos tampoco pueden sobrevivir cometiendo el mismo error una segunda vez. O alguien más puede no sobrevivirlo".

Ella movió su mirada para mirarse los pies. "Tienes razón. Lo siento, Zaagi. Tendré cuidado, lo prometo". Levantó la vista, pero Zaagi ya se estaba dirigiendo hacia el niño. Ella se apresuró para alcanzarlo.

"Hola", dijo el niño mientras se acercaban.

"Hola. Me llamo—"

"Elizabeth. Lo sé".

Ella se sorprendió, pero le preguntó: "¿Cómo te llamas?"

"Jiibay".

Se levantó el sombrero revelando su rostro. Tenía los ojos oscuros y el cabello castaño claro. Su piel no tenía manchas ni imperfecciones y eso la hizo querer alejarse, temiendo que él viera todos sus defectos. Podía recordar algo de su rostro de lo que había visto en el arroyo. Su nariz era demasiado pequeña, y tenía una mancha en el ojo derecho, y su barbilla tenía un pequeño lunar casi al borde de su cara.

Ahora podía ver porqué Zaagi pensaba que este hermoso niño era un semidiós, aunque estaba empezando a dudar si *todos* los humanos lo eran, ya que ciertamente ella no se veía ni se sentía como un dios.

"Hola, señor Zaagitoon", dijo Jiibay, mirando más allá de ella.

"Hola", dijo Zaagi.

"Estás en un viaje", dijo Jiibay. "Vas a encontrar a Campanilla e intentarás liberarla de su jaula. Y tú estás tratando de encontrar a la familia de Elizabeth".

"¿Cómo sabes esas cosas?", preguntó Elizabeth.

"Puedo ver alrededor de la esquina del tiempo. Solo un vistazo", le dijo Jiibay con una sonrisa.

Elizabeth descubrió que no podía mirar a esos profundos ojos castaños durante mucho tiempo, así que en cambio miraba a su caña de pescar. Se sorprendió al ver que el hilo no entraba en el agua, sino que se elevaba hacia el cielo y desaparecía en una nube blanca y esponjosa.

"¿Qué estás haciendo?", preguntó ella.

"Pesco una estrella".

"¿Por qué?"

"Buena pregunta", dijo Zaagi. Agitó las orejas.

"Para que su luz me permita ver todo el tiempo", dijo Jiibay, "en lugar de solo un vistazo".

"No hay estrellas durante el día", dijo Zaagi.

Jiibay se encogió de hombros. "El sol las avergüenza. Nunca podrán aspirar a brillar tan luminosamente como él. Por lo tanto, se esconden. Pero están ahí igualmente".

"¿Cómo atrapas una estrella?", preguntó Elizabeth. "Tan solo eres un niño, a pesar de que Zaagi piensa que somos dioses. ¿Cómo la sacarás del cielo?"

Jiibay se sentó y volvió a levantar su caña de pescar. Tiró una vez para asegurarse de que el hilo estaba tenso. Luego se volvió y sonrió con una sonrisa tan brillante y hermosa que Elizabeth se sonrojó. "Ellas me están pescando a mí", dijo. "Me encontrarán y me levantarán cuando estén listas".

"Pero pensé que *tú* las estabas pescando a ellas".

"Todo depende de tu punto de vista".

Se acercó un paso más, intrigada. "¿Puedes ver el pasado?"

"Sí, y el futuro, pero solo puedo ver una parte. Quiero verlo todo".

"¿Por qué querrías verlo todo?", preguntó Zaagi. "Todo el tiempo es ahora mismo. El tiempo no está al frente y atrás, adelante y de reversa. Es un *boom*, aquí mismo".

Jiibay dejó su caña a un lado. Extendió ambas manos y abrió los puños, con las palmas de las manos hacia arriba, revelando una paloma en cada una.

"Yo soy el Sol", dijo la primera paloma.

"Yo soy la Luna", dijo la segunda.

Jiibay miró a Zaagi y dijo: "Puedes hacerles una pregunta".

"¿Por qué yo?", preguntó Zaagi, sorprendido.

"Porque sí", dijo Jiibay con un guiño, "porque puedo ver que eres tú quien hará la pregunta. Creo que es algo muy inusual tener tantas preguntas en tu corazón".

Zaagi abrió la boca y luego la volvió a cerrar. Miró a Elizabeth y luego preguntó: "¿Dónde está la familia de Elizabeth?"

"En mi boca", dijo el Sol.

"En mi cola", dijo la Luna.

Ambas palomas saltaron de sus manos y volaron hacia el cielo, dando vueltas y vueltas entre sí, y desaparecieron en las nubes.

Elizabeth le lanzó a Zaagi una mirada agradecida. "Gracias,

Zaagi, pero debiste haberles preguntado dónde está Campanilla".

Zaagi arrugó la nariz y frunció los labios. "Perdí mi pregunta".

Jiibay acarició la cabeza del suricata y sonrió. "Renunciaste a tu pregunta para ayudar a tu amiga".

"No es mi amiga", dijo Zaagi, pero sin mucha ira.

"Entonces tu acto de generosidad fue aún mayor. Puedes hacerme tu pregunta, Zaagi".

El suricata se incorporó con entusiasmo. "¿Dónde está Campanilla?"

Jiibay se protegió los ojos y escudriñó el horizonte. "A través del Valle Mariposa, a través del Río Bawaadan, sobre la montaña Beldurra, en una pequeña jaula. Ella descansa y sueña con sabrosos escorpiones", dijo Jiibay.

Luego volvió a su caña de pescar.

Zaagi bailó y dio vueltas, gritando de alegría. Elizabeth se rio de verlo tan feliz, pero luego Jiibay llamó su atención. Le hizo un gesto a Elizabeth para que se acercara y le susurró al oído: "Él la encontrará y la volverá a perder. Pero al hacerlo, su estrella lo encontrará. Hay una estrella para cada uno de nosotros".

Elizabeth golpeó con fuerza su puño contra el muslo.

Jiibay extendió la mano y le tocó la frente. "Si deseas encontrar a tu familia, ve en la otra dirección, hacia el centro. Si sigues a tu amigo al exterior en su búsqueda, es posible que ellos te pierdan para siempre". Retiró la mano y se volvió hacia su caña de pescar.

"He tenido suficientes acertijos", dijo Elizabeth, frunciendo el ceño. Un *crujido* estrepitoso como trueno sacudió el lago y los árboles circundantes, el suelo se estremeció como si una roca gigante se hubiera caído del cielo, y el aire a su alrededor parecía brillar con el brillo de mil pequeños soles.

Zaagi se agarró a un arbusto cercano. Los truenos se calmaron, las chispas se disolvieron, y el suelo quedó inmóvil de nuevo.

Elizabeth cerró los ojos. Se sentó al lado de Zaagi y sostuvo su rostro entre sus manos, ignorando su mirada. "Lo siento", susurró, y luego añadió en voz alta: "No creo que quiera ser un dios. Solo quiero ser una persona normal con familia y recuerdos".

Zaagi le puso su pata en el hombro, luego la retiró cuando ella no respondió.

Ella miró al semidiós. "¿Quién soy, Jiibay?"

Jiibay se encasquetó el sombrero con más fuerza sobre la cabeza, ignorando su pregunta.

"Hay bocas negras que se comerán este mundo", dijo Jiibay mientras miraba al frente y señalaba. Elizabeth y Zaagi miraron. En el centro del lago, un remolino oscuro giraba. La espuma y la niebla bailaban a lo largo de su perímetro al tiempo que el agua caía en su centro.

"Otro agujero negro, solo que esta vez en la superficie. ¿Qué son?", preguntó Elizabeth.

"El dolor de alguien".

"¿Cómo podemos detenerlos, Jiibay?", preguntó Zaagi, acercándose.

"Si se apresuran hacia la cima de la montaña, tendrán su

respuesta. No tienes mucho tiempo".

"¿Lo lograremos?", preguntó Elizabeth.

Jiibay volvió la cabeza para mirarla a ella y a Zaagi. "Ni siquiera las estrellas lo saben". Con eso, y con la caña de pescar en su mano, se recostó contra la roca y se puso el sombrero sobre los ojos.

"Vamos", dijo Zaagi. "No creo que haya más respuestas para nosotros aquí".

Ella y Zaagi se levantaron y caminaron por el sendero que salía del lago.

Mientras caminaban sobre una pequeña colina, Zaagi miró hacia atrás y se detuvo. Los ojos se le salieron de sus órbitas. "¡Mira!", señalando los árboles que estaban detrás de ellos y que rodeaban el lago.

Elizabeth se dio la vuelta. Una sola estrella brillaba, casi tan brillante como el sol, al otro lado del cielo. Entonces Jiibay apareció subiendo sobre las copas de los árboles, dirigiéndose hacia la estrella. Mientras ascendía, una brillante sonrisa iluminaba su rostro al tiempo que ambas palomas lo rodeaban. Su caña de pescar se había convertido en una cuerda de luz que sostenía con una mano.

Zaagi agitó su pata. "¡Adiós, Jiibay!"

Jiibay le devolvió el saludo. Luego señaló a su estrella, antes de señalar a Elizabeth.

Zaagi miró a Elizabeth. "¿Qué significa eso?"

"Hay una estrella buscándonos a cada uno de nosotros", dijo.

Una lágrima solitaria cayó por la mejilla de Zaagi. La limpió con su pata. "Mira lo que has hecho. Estoy goteando".

Miraron al cielo otra vez, pero Jiibay ya se había ido y la brillante estrella diurna se había desvanecido.

Elizabeth miró hacia atrás, a lo largo del camino hacia el centro, donde Jiibay le había dicho que encontraría a su familia.

Ella miró por el camino que conducía al exterior y a Campanilla.

Recordó que Zaagi había sacrificado su pregunta por tratar de ayudarla. Había muchas cosas que no podía recordar, pero la importancia del amor no era una de ellas.

"¿Amas a Campanilla?", le preguntó a Zaagi.

"No quiero vivir en un mundo sin ella. ¿Eso es amor, Elizabeth?"

Ella asintió.

CAPÍTULO NUEVE

Diario – 06/10/2000.

~Marie

El cuerpo de Parker estaba bajo unos viejos techos de hojalata oxidados en una pila detrás de la curtiembre bajo la que no se me ocurrió mirar. Cuando la policía llegó y nos lo dijo, mamá gritó. Nunca he escuchado a nadie gritar así.

Mamá nos hizo macarrones con queso para la cena mientras yo me sentaba en la sala y miraba por la ventana. ¿Parecía que Parker estaba dormido cuando la policía lo encontró, o sus ojos estaban abiertos y mirando fijamente? Mamá también debió haber estado pensando en él porque, después de un rato, la alarma contra incendios sonó y un humo salió de la cocina. Salí corriendo a buscar a mamá. Estaba de pie sobre una silla, agitando un periódico ante la alarma en el techo.

"Quita la olla del quemador", dijo.

La cogí por el asa y la puse en el fregadero. El calor había pegado los macarrones al fondo y a los lados de la olla. Dejé correr agua fría en ella y el vapor silbó y se extendió por la cocina.

"¡Maldita sea, Marie! Abre una ventana. ¿Quién te dijo que hicieras eso?", gritó mamá.

Nadie tenía hambre, supongo. Nos sentamos lado a lado en el sofá y miramos la pantalla en blanco de la televisión. No sabía si se suponía que tenía que llorar o no.

Le pedí a mamá que me contara una de sus historias tribales de Ojibwe. Ella tiene una historia para todo. Pero solo se sentó allí e ignoró la pregunta. La observé por el rabillo del ojo e imaginé que todas sus historias se escapaban de ella como sus lágrimas. Nunca pensé que mamá fuera vieja, pero lucía vieja y cansada.

Se secó los ojos, entró en su dormitorio y regresó con una pequeña foto enmarcada. Me la entregó. No la había visto antes. Papá estaba con su uniforme, sonriendo, y estaba sosteniendo a Parker, que era solo un bebé. Mamá estaba junto a él con las manos en mis hombros. Tenía el pelo recogido hacia atrás y tenía puesto un vestido azul claro con un cuello grande y flexible. Yo estaba frente a ella con un pequeño vestido amarillo.

"Nunca lo dejes ir. Aférrate a eso para siempre", dijo. Se puso de pie y volvió a su dormitorio.

Nunca volveré a comer macarrones con queso.

CAPÍTULO DIEZ

Los nuevos mundos nacen cuando un dios se olvida.

~Elizabeth

Después de horas de caminata por las tierras boscosas, Elizabeth estaba cansada y le dolían los pies. Pasaron junto a troncos podridos y estanques pantanosos cubiertos de una película verde y apestosa. Por encima, viñas gruesas y enredadas colgaban bajas en algunos lugares. No habían visto ningún ser viviente desde su conversación con Jiibay. Era casi como si todos los animales se escondieran por temor a que algo terrible le estuviera sucediendo a este mundo, imaginó Elizabeth.

Se tocó la mejilla. Las puntas de los dedos se pegaron a su piel como si estuviera cubierta de miel. El pelaje de Zaagi estaba enmarañado por la humedad del aire que se aferraba a ellos, y un olor a moho acre invadió sus fosas nasales. Continuaron avanzando a lo largo del sinuoso camino hasta que, por fin, los bosques se abrieron a una amplia y ondulada pradera de tréboles. Nubes grises cruzaban sobre la cara del sol. La humedad opresiva retrocedió, y el aire se enfrió.

La pareja se detuvo en un tronco de árbol caído y cubierto de musgo que estaba al lado del camino.

Elizabeth se sentó. "Estoy agotada. ¿Cómo de lejos está el exterior?"

Zaagi se sentó a su lado, con la espalda curvada. Se inclinó lo más atrás que pudo hasta que sus pies se elevaron en el aire. Los movió, haciendo que ella se riera.

"Estoy bailando en el aire", dijo Zaagi, y luego agregó: "No más de un día más".

Una mariposa amarilla revoloteó alrededor de su cabello antes de posarse sobre su hombro izquierdo. Ella asintió a la mariposa. "Ella también está cansada".

Una mariposa turquesa aterrizó en la punta de la nariz de Zaagi. Flexionó sus alas. Sus ojos casi se cruzaron mientras lo miraba. "Estas son mis amigas. Estamos en el Valle Mariposa. Esa montaña se llama Beldurra. Significa 'Montaña del Miedo'".

Miró a través de la pradera hacia la montaña roja en la distancia. Una nube solitaria se negó a desviarse del borde del sol y su sombra se apoderó de la montaña como un puño lleno de humo.

"Es donde termina nuestro mundo, y comienza el exterior". Aparecieron más mariposas, dando vueltas, revoloteando y flotando alrededor de ellos.

"Son tan hermosas", dijo Elizabeth.

Zaagi suspiró. "Así es, pero pueden ser pequeñas criaturas molestas por su cuenta". Sacudió su pata, sobre la cual cinco de las criaturas se habían posado, alejándolas.

"¿Por su cuenta?", preguntó Elizabeth.

Una avalancha de mariposas descendió. Se arremolinaron, se

unieron y se dispersaron. Formaron una rueda gigante como la Vía Láctea. La formación giró frente a ella y Zaagi, elevándose sobre ellos.

Zaagi se puso de pie y le hizo frente a la galaxia de mariposas. Se inclinó. Elizabeth se puso de pie y lo imitó.

"Amor y saludos, Memengwaa", dijo Zaagi. Puso su pata en la pierna de Elizabeth. "Esta es mi nueva conocida, Elizabeth".

"Amor para ti, Elizabeth". La voz de Memengwaa era poco más que un susurro en el aire, casi una exhalación, creada por el golpe simultáneo de cientos de miles de pequeñas alas.

"Y para ti, Memengwaa", dijo Elizabeth.

"Zaagitoon", susurró Memengwaa, "tu Campanilla está bien. El granjero humano todavía la cuida hasta que mejore su salud".

Zaagi dio un paso adelante, poniendo las patas delanteras en los costados. "Está atrapada en una jaula. ¿La ha lastimado el granjero? ¡Dímelo!". Elizabeth se estremeció ante la ira en la voz de Zaagi.

"No", dijo Memengwaa. "Como te dije antes, su jaula está construida por amor".

"¡No hay tal cosa como una jaula construida por amor!". Zaagi pisó con fuerza.

Memengwaa retrocedió. Un zarcillo hecho de miles de mariposas se extendía desde el centro de Memengwaa, y la punta se acercaba cada vez más a la frente de Elizabeth. Ella se quedó quieta y cerró los ojos. Las más ligeras de las alas aletearon, rozando su piel. Abrió los ojos mientras el zarcillo se retraía.

El giro de Memengwaa disminuyó y se detuvo. Mariposas separadas y unidas como un mosaico gigante. Elizabeth entrecerró los ojos y observó el patrón que formaban. Los insectos y los espacios entre ellos se convirtieron en una cara, una cara de mujer: de pelo largo, labios suaves y una barbilla suave y curvada.

"¡Es Elizabeth!", exclamó Zaagi.

"No", susurró Memengwaa.

"Madre". La palabra brotó de la boca de Elizabeth como una mariposa. "Es mi mamá". Podía oler el pan frito y el salmón ahumado. El olor hizo que su garganta se apretara y sus fosas nasales temblaran.

Casa, pensó, y reprimió una lágrima.

La cara se convirtió en un gigantesco remolino de mariposas, y Memengwaa comenzó a girar de nuevo.

"¿Cómo la conoces?", preguntó Elizabeth. Se secó el ojo con la manga de la camisa.

"Entiendo piezas. Y tú estás hecha pedazos. Debes unir tus partes", dijo Memengwaa.

"¿Dónde están mis piezas, Memengwaa?"

"Mira a tu alrededor. Los nuevos mundos nacen cuando un dios se olvida".

"¿Te refieres a este mundo? Me he olvidado de casi todo. ¿Puedes ayudarme a recordar?"

Memengwaa giró más rápido.

"Donde el fuego quema un bosque antiguo, crece un nuevo bosque. Cualquier cosa puede convertirse en una semilla en el renacimiento de la memoria".

"¿Cómo? ¿Qué tengo que hacer? Estoy tan cansada".

"Déjate llevar. Cuando te canses de tu largo viaje y la oscuridad te rodee, recuéstate en mis brazos y, como el mar, te abrazaré. Mira las estrellas mientras flotas en mi amor, y ellas te cantarán".

Memengwaa se elevó hacia el cielo.

Elizabeth y Zaagi estaban cerca el uno del otro. La galaxia que era Memengwaa se deshizo, y el océano de mariposas se dispersó. Elizabeth se sostuvo el rostro en las manos. Un mar de mariposas le había hablado y le había mostrado una imagen de su madre. Miró a Zaagi.

Él extendió sus patas hacia ella. Ella lo levantó y él se acurrucó en su hombro. Ella envolvió sus brazos alrededor de él y lo abrazó con fuerza, luego se sentó contra el tronco caído. Su pelaje era muy suave y ella podía sentir el latido de su corazón. Se durmieron en los brazos del otro.

CAPÍTULO ONCE

La rosa de doce pétalos

~Federico

Me senté frente a Carl Mulligan, que estaba recostado en su sillón, con los pantalones recientemente planchados con tanto esmero, que todavía podía verse el pliegue. Tomaba un sorbo de Chivas Regal y bamboleaba un mocasín sobre su pie sin calcetines.

Cortinas verdes enmarcaban las altas ventanas. Más allá, el terreno descendía lentamente hacia un lago, en el cual unos cuantos manzanos se reflejaban con el sol de otoño, brillando como escamas de papel de aluminio sobre un espejo azul. Su estudio era ultra masculino: sofá y silla de cuero de color clarete, escritorio de caoba y estanterías, un televisor gigante de pantalla plana. La única excepción evidente era un retrato completo de Marie que colgaba sobre la repisa de la chimenea. Era impresionante. Flores de glicina azul lavanda descendían a ambos lados de ella como una cascada. Llevaba un vestido largo de satén blanco, su cuerpo girado hacia la izquierda como si estuviera a punto de irse, y su rostro mirando hacia atrás por encima del hombro, como para mirar directamente a los ojos. Estaba sonriendo levemente, casi como si estuviera a punto de pedirte que la siguieras, o tal vez de despedirse.

"¿Por qué no ha vendido mi casa todavía, señor García?"

"Por favor, llámeme Federico. El mercado está en depresión, como sabe, señor Mulligan", le dije con toda la amabilidad que pude reunir.

Mulligan había hecho una fortuna comprando la mayor parte de las propiedades inmobiliarias de primera calidad de Mount Pleasant, incluidos los astilleros que empleaban a la mayoría de las familias en un radio de treinta millas. Si se puede decir que alguien posee una ciudad, Mulligan poseía la nuestra.

"Señor García", dijo. Dejó su bebida, recogió un oscuro cigarro artesanal y comenzó a humedecer el extremo. "Sus clientes son en su mayoría compradores de bajos ingresos con poco crédito o sin crédito, ¿correcto?"

Sabía muy bien la razón por la que Carl me había contratado. Yo era barato. Mis honorarios y comisiones eran los más bajos del condado al tiempo que luchaba por construir una clientela. Mi boca estaba seca. Mulligan no me había ofrecido ni siquiera un vaso de agua. Me senté incómodamente en una silla de respaldo recto. "Cierto". Sonreí. "En este mercado, un comprador es un comprador, como usted bien sabe".

El resopló. "Todavía tengo que ver a un comprador".

"Si no está satisfecho con el trabajo que estoy haciendo, hay muchos otros agentes en la ciudad. De hecho, preferiría hablar de otra cosa". Me moví en mi silla. Mantuve mi expresión tan neutral como pude e hice mi mejor esfuerzo por mantener el contacto visual.

Una mueca torció sus labios mientras miraba hacia otro lado. Encendió su cigarro y exhaló nubes de humo gris. "Quiere hablar de Marie".

Asentí. Agitó su cigarro de un lado a otro, limpiando el humo del aire entre nosotros.

Miré más allá de Mulligan hacia el lago a través de las ventanas. El sudor estalló en mi frente, a pesar del brutal aire acondicionado de la nueva mansión de un millón de dólares de Mulligan.

"Ella y yo somos amigos. Las cosas no cuadran, señor Mulligan".

Su boca se curvó en la caricatura de una sonrisa. "Lo sospechaba". Tomó su vaso de whisky y sacó su cigarro. Se inclinó hacia delante y comenzó a quitarse la pelusa de sus pantalones.

"Escúcheme", dijo. Su voz se hizo más gruesa, pero su postura era relajada. "Amo a Marie y ella me ama a mí. Cuando la conocí, se parecía mucho a una niña: una niña dulce, inocente y perfecta. Ha sentido la necesidad de protegerla, ¿verdad? ¿Abrigarla y escudarla? La he mantenido a salvo, le he dado un refugio de las cosas feas y de las personas viles en este mundo. No sé lo que le habrá dicho. No me importa. Ella está contenta conmigo, sabe lo que he sacrificado para darle todo lo que pueda desear".

Tosí fuerte y levanté una ceja. Me miró brevemente y continuó.

"*Ella* es la que prefiere quedarse en casa, quien eligió su vida aquí conmigo. Ella sabía quién era yo —quién soy yo". Su voz se elevó. "No recuerdo haberle visto por aquí durante los últimos cinco años. ¿Qué sabe sobre ella? No sabe nada de ella. De hecho, no lo quiero cerca de ella nunca más".

Sus ojos miraron el retrato de Marie y luego retornaron a mí. Agarró el brazo de su silla hasta que sus puños se pusieron blancos. "Tengo un amigo del golf esperándome. ¿Tal vez usted lo conoce? Daniel Carrington".

Conocía bien a Carrington. Era un regulador estatal corrupto que supervisaba las licencias de los agentes de bienes raíces. Mulligan estaba emitiendo una amenaza no muy discreta. En el lago, a través de la ventana, vi a una pequeña familia de patos dispersarse cuando un cisne se posó de repente en medio de ellos. Con alas batiendo y salpicando agua, la bandada se dividió en todas direcciones. Habría jurado que era uno de los cisnes de Elizabeth. Los patos se volvieron a formar en el borde de unas cañas altas cerca de la orilla. El cisne bajó la cabeza y dio una vuelta en círculo en el nítido resplandor, la curva en su cuello largo formaba un signo de interrogación. Miré de nuevo a Mulligan, cuyos ojos estaban entrecerrados y ominosos.

"Ah, sí, una salida rápida siempre es importante. No le retendré. Y estoy seguro de que a Marie no le importará".

Él se congeló.

"¿Cómo se atreve?", dijo. Sus ojos centellearon. "Un espalda mojada de medio pelo resentido…"

"Tú la empujaste, ¿cierto?", Dije en voz baja. Mi voz era tan sólida como el granito. Él se estremeció. Su rostro se torció en un gruñido. Abrió la boca para decir algo, pero pareció pensarlo mejor y dejó escapar un profundo suspiro. Su gruñido se convirtió en una burla.

"No te atrevas a hablarme de mi esposa. Nunca te atrevas hablar conmigo o con ella otra vez. Estás despedido. Ahora vete de aquí".

Ahora que sabía que había intentado hacerle daño al rehusarse a negarlo, advertí de que el cisne se había ido. Sentí que el hombre herido y furioso dentro de mí tumbaba la puerta que había luchado por mantener oculta. Una sola nube se apoderó del sol con un puño de vetas gruesas durante unos breves segundos. Pero eso fue suficiente.

Me puse de pie y miré al hombre que tenía delante. Era un hombre bajo, con ropas demasiado caras, sentado en un sillón, lanzando amenazas encubiertas y ofensas étnicas. Mi cuerpo pasó de caliente a frío al tiempo que mis puños se apretaban.

Di un paso adelante, y Mulligan se estremeció. Agarré la botella medio vacía de Chivas y caminé hacia el bar. Me serví tres dedos en una copa de brandy, bebí la mitad y volví a pararme detrás de él.

"Te dije que salieras de aquí". Su voz vacilaba.

Agarré un puñado de su cabello, que estaba rígido por la laca, y tiré su cabeza hacia atrás. Su boca se abrió y sus pupilas se ensancharon. Intentó golpearme desde atrás, pero sus puños solo golpeaban el aire.

Vi que sus labios se movían en una palabra que parecía ser "por favor", pero el whisky escocés y un zumbido llenaban mi cabeza. Mi voz era mercurio líquido; fría, suave y peligrosa. No la reconocía. "Dime la verdad, Carl. Dime la verdad. Si lo haces, me iré y nunca más me verás de nuevo".

Luchaba y se retorcía, pero mi agarre sobre su cabello era fuerte. Con una mano, lo levanté parcialmente de su silla por los cabellos mientras me bebía el resto del whisky con la otra. Gritaba mientras sacudía sus puños, algunos llegaron a mi pecho y brazos, pero apenas me lastimaron.

Hubo un gemido sordo. Lo puse de nuevo en la silla cuando comenzó a sollozar. Un poco de sangre goteaba sobre su oreja donde un pequeño mechón de cabello había sido arrancado.

"Fue un accidente. No quise que ella se cayera. Juro que no sabía que estaba tan cerca del borde". Asentí y solté su cuero cabelludo.

Cuando me fui, estaba acurrucado en su silla de cuero. No me miraba. Tenía enterrado su rostro en sus manos y temblaba mientras lloraba. Su columna vertebral se elevaba y descendía dando cortas sacudidas.

"Nunca la dejaré ir. Ella me ama y siempre lo hará". Apenas capté sus palabras, ya que estaba a mitad de camino de la habitación.

Tiré el trago al suelo donde resonó y rodó debajo de un sofá.

Cuando llegué a casa casi estaba anocheciendo. Me detuve a por unas cuantas cervezas. Me dolían los hombros y aún estaba en el arrebato de mi fuga disociativa. No pude transcribir mis notas de Elizabeth. En cambio, fui al sótano y comencé a levantar pesas. Observé la rosa en el interior de mi brazo izquierdo resplandecer bajo un brillo de sudor y pulso con cada movimiento de la mancuerna. Doce pétalos. Uno por cada soldado afgano que me ordenaron enterrar en el polvo de Babilonia mientras aún vivían, usando un vehículo que movía la tierra.

Dejé caer la mancuerna, me moví hacia la pared de concreto y golpeé mi puño contra ella. El dolor disminuyó a un latido sordo y punzante. Mi brazo era peso muerto. Apoyé la otra mano en la pared y me incliné hacia delante mientras jadeaba. El sudor me rodó por la cara y pasó el puente de mi nariz. Vi caer pequeñas gotas al suelo. Cuando mi respiración se hizo más lenta, envolví mi puño sangriento en una toalla y me derrumbé en el piso de cemento.

Lo más probable es que haya empeorado las cosas para

Marie.

Arriba, en la cocina, tiré la toalla en el fregadero, evité mirar mi mano palpitante y la volví a envolver. Salí por la puerta trasera y me senté en el porche. No había árboles en ese terreno baldío, el distrito de bajos alquileres de la ciudad. Los postes de energía del otro lado de la calle repiqueteaban, y un sol de color vino se apagaba justo por encima del Mulligan Saw Mills en la distancia.

Quería hablar con Marie. Quería acercarme y bailar con ella. Mis brazos vacíos anhelaban su abrazo.

Contemplé el cielo cuando aparecieron las primeras estrellas. Imaginé que cada una era una vela en una ventana, invitándome a casa.

CAPÍTULO DOCE

Libera tu agarre y vivirás

~*Elizabeth*

Profundas rayas anaranjadas de la luz del sol se extendían por el Valle Mariposa a medida que el sol ascendía. Nubes negro azuladas recorrían el cielo como si intentaran tragarse el sol.

Zaagi salió de su madriguera y se estiró. Se sentó y miró a Elizabeth, que también estaba sentada.

"¿Has dormido bien, Zaagi?"

"Así lo hice". Zaagi se puso de pie y observó el valle. Él señaló. "Por allá está el monte Beldurra. Nuestro mundo termina en la cima de la montaña, que debemos escalar. El camino a la montaña también cruza un río llamado Bawaadan. La corriente es rápida y profunda con rocas afiladas a lo largo de su lecho".

"Entonces, ¿es muy peligroso?"

"Sí. Se dice que olvidas todo si caes en el río, asumiendo que no te ahogues".

Ella le puso la mano en el hombro. "Entonces nos protegeremos el uno al otro. Si me caigo, me atraparás y si te caes, yo te atraparé. No puedo permitirme perder más recuerdos".

Los dos se dirigieron al camino hacia la montaña carmesí. Mientras caminaban, el último resplandor naranja desapareció para ser reemplazado por nubes delgadas y tenues que se extendían a través de un cielo azul pálido. Elizabeth entrecerró los ojos ante algo cerca del horizonte.

"¿Qué es eso?", preguntó, señalando. Zaagi miró brevemente, luego saltó arriba y abajo.

"No puedo ver nada excepto árboles", dijo.

Elizabeth extendió sus brazos. "¿Puedo?"

Zaagi suspiró. "Bien, pero será mejor que valga la pena arriesgar un cuello roto". Se acercó y levantó las patas. Ella lo levantó y lo puso en su hombro. Sosteniéndolo firmemente con una mano, señaló un pequeño círculo negro cerca del horizonte. Otro agujero negro, solo que esta vez en el cielo.

Zaagi entrecerró los ojos. "Sí, lo veo. Ahora bájame antes de que me dejes caer. Las alturas son para las aves", él la miró, "y para las niñas humanas".

Ella lo puso de nuevo en el suelo.

"Necesitamos irnos, Zaagi".

"Creo que tienes razón". Los dos se apresuraron por el camino.

A primera hora de la tarde, llegaron al pie del monte Beldurra. El río Bawaadan rugía y bloqueaba el camino a la montaña. La corriente apresurada rugía y aullaba al estrellarse contra las rocas. Los oídos de Elizabeth querían estallar por el ruido.

Un tronco recto y estrecho cruzaba desde una orilla,

atravesando el río que fluía a través de un pequeño cañón abajo, hasta la otra. Parecía ser la única forma de cruzar. Cuando ella y Zaagi se acercaron, Elizabeth notó que el tronco no se veía particularmente robusto. La corteza de la parte superior estaba bastante desgastada por los muchos años de paso de patas y pies. Parecía que podía soportar el peso de Zaagi, pero no el de una niña de catorce años. Lo peor de todo, estaba cubierto con un brillo de aspecto resbaladizo.

"¿Cruzaremos por *eso*?", Elizabeth le gritó a Zaagi por encima del ruido del río.

"Quédate cerca de mí y haz lo que yo haga", gritó de vuelta.

Ella asintió y le sacó a Zaagi un pulgar hacia arriba. Zaagi sacó su pata en imitación. Elizabeth se rio y chocaron su pata con su puño.

Se acercaron con cuidado al tronco. La niebla cubrió el pelaje de Zaagi e hizo que el cabello de Elizabeth se pegara a su frente. Se secó las manos húmedas en los vaqueros, se arrodilló y se arrastró hasta el final del tronco sobre las manos y rodillas.

Zaagi caminó un tercio de la longitud del tronco y luego se detuvo. La miró por encima del hombro y le hizo un gesto para que lo siguiera. Elizabeth frunció el ceño y gritó: "¡Ya voy!"

Se arrastró por el tronco húmedo y se negó a mirar hacia abajo, pero el ruido del río hacía difícil concentrarse. Miró a Zaagi, el cual asintió, luego se volvió de nuevo y saltó unos centímetros más.

Elizabeth avanzó lentamente, mirándose las manos. Agarró el tronco y se deslizó, cada vez dejando a duras penas que sus dedos se separaran de la corteza resbaladiza.

Zaagi la saludó y sonrió. Sus patas traseras salieron disparadas sobre el tronco resbaladizo, como si estuviera corriendo. Se estaba cayendo.

Elizabeth se puso de pie, sobre los dedos de los pies y avanzó lo más rápido que pudo.

Zaagi pateó sus patas traseras para recuperar el control, y sus patas delanteras giraron en el aire. Sus pies salieron disparados de debajo de él.

En un movimiento rápido, ella se lanzó hacia adelante. Aterrizó sobre su estómago. El golpe le sacó el aire del cuerpo. Sus piernas se ciñeron alrededor del tronco. Extendió su mano derecha y lo agarró por la pata trasera. Se retorció de un dolor agudo en su esternón.

El peso de Zaagi la balanceaba sobre el tronco hacia el agua, y la hizo girar hasta que estuvo colgando boca abajo, con un brazo alrededor del tronco, y Zaagi balanceándose en el otro. Ambos colgaban, meciéndose en la brisa y la niebla.

"¡No me dejes caer!", gritó.

Cerró los ojos y apretó su agarre alrededor del tobillo de Zaagi. El agua se metía entre sus dedos y su pelaje. Su brazo se aflojó por un segundo y los dos cayeron más cerca del agua. Abriendo los ojos, vio que la otra orilla estaba a solo unos metros de distancia. El rugido del río se desvaneció cuando se centró en su destino. No había nada más que hierba suave, sin rocas y sin árboles.

Ella balanceó a Zaagi de un lado a otro. Un dolor punzante estalló en su hombro. Hundió su abdomen y se pellizcó los labios para no gritar. Zaagi, al parecer, descubrió su plan. Cambió su peso con cada columpiada para ayudarla. Con toda su fuerza, ella retorció su cuerpo y lo lanzó sobre la cabeza, liberándole el pie.

Zaagi saltó por el aire y aterrizó con un golpe sordo en la orilla cercana, con varios centímetros de sobra.

La fuerza del lanzamiento arrancó el tronco de la doblez del codo de su brazo izquierdo. La parte superior del cuerpo se balanceaba hacia abajo. Le dolía el brazo, contuvo el aliento y apretó el agarre de sus tobillos mientras colgaba boca abajo sobre la corriente.

Se estremeció. Los pantalones empapados le pesaban. El hombro le palpitaba y los tobillos empezaron a adormecérsele.

Elizabeth respiró hondo. Apretó los músculos abdominales y exhaló mientras forzaba su torso hacia arriba, unos centímetros hacia el tronco. Su pecho se apretó y su estómago se contrajo. Sus dedos rozaron el tronco antes de que cayera de nuevo. Se permitió colgar allí. Se iba a ahogar sin saber siquiera quién era.

Un peso se posó en sus tobillos, y miró hacia arriba. Era Zaagi. Él abrazaba sus tobillos, uniéndolos. Le gritó algo, pero todo lo que oía era el rugido del río.

Temblaba y le castañeteaban los dientes. Una espuma blanca sobre la superficie del río brillaba debajo. Sus tobillos se deslizaron y bajó unos centímetros. Este era el final.

Una voz de hombre que reconoció resonó en su mente detrás de su puerta cerrada: "Un guerrero nace en tu corazón".

No voy a entrar en pánico, padre, pensó, con los dientes apretados.

Miró hacia arriba. Zaagi, al parecer, estaba perfectamente dispuesto a entrar en pánico. Agitaba los brazos. "¡Aguanta! ¡Aguanta, niña inaplastable! ¡Está llegando!". Señaló detrás de ella, pero su cabeza era un ancla inmóvil apuntando hacia el río. Cerró los ojos y luchó por mantener sus tobillos juntos.

Se imaginó el largo cabello negro y los ojos color avellana de su madre y creyó escucharla hablar. "Nunca lo dejes ir. Aférrate para siempre". Le entregó una foto enmarcada a Elizabeth. Había un hombre, una mujer y dos niños en ella.

Algo le hizo cosquillas en la barbilla a Elizabeth. Luego en las dos orejas a la vez.

Abrió los ojos, mareada por el movimiento que la rodeaba.

Cientos, miles, millones de mariposas revoloteaban tan densas a su alrededor que apenas podía respirar. Una voz susurró: "Libera tu agarre y vivirás. Recuéstate, y te sostendré".

Elizabeth colocó ambas manos sobre el pecho, cerró los ojos y dejó que sus doloridas piernas se relajaran. Cayó solo una corta distancia antes de aterrizar en una almohada de mariposas.

Su cuerpo se hundió hacia el río mientras las mariposas luchaban por sostener su peso. El río rebosaba de color cuando miles de diminutos cuerpos se ahogaron debajo de ella, aplastados por su peso, barridos por los remolinos. Sin embargo, todavía venían de todas direcciones para sostenerla. Luchaban contra la gravedad y el torrente para levantarla.

"¡Memengwaa! ¡Te estás cayendo a pedazos!", gritó Elizabeth.

"Volveré a nacer por la crisálida del tiempo. Pero tú te estás reconstruyendo", susurró Memengwaa.

Elizabeth se levantó justo por encima del borde del banco. Los últimos cientos de miles de mariposas que una vez formaron a Memengwaa, agotadas y moribundas, la pusieron al borde de la orilla del río. Las pocas que quedaron vivas se dispersaron, llevadas por una breve brisa del norte, como semillas de algodoncillo, a los rincones más lejanos.

Lo último que Elizabeth recordó fue a Zaagi sentado en su pecho, con lágrimas en los ojos, frotando su nariz contra la de ella antes de que la oscuridad se cerrara sobre ella.

CAPÍTULO TRECE

Demasiado en el mundo como para recordar

~Elizabeth

Con los ojos cerrados, Elizabeth oyó la lluvia en la distancia. Sabía que había dormido, pero no tenía idea de cuánto tiempo. El rumor de un trueno lejano rodó sobre ella. Era el tipo de trueno que la hacía querer acurrucarse más entre las mantas. Le trajo más consuelo que preocupación y se alegró de estar viva.

Un recuerdo se arrastró desde un rincón de su mente. Examinó el fragmento: el borde de una almohada blanca, con el largo cabello castaño de alguien que la cubría, y la esquina de una ventana abierta, unos centímetros más allá de la cual se alzaba una cortina de color amarillo limón.

Tomó el fragmento y lo colocó en un lienzo en blanco sobre un caballete en su mente. Ella conjuró la paleta y el pincel de un pintor, pero en la paleta no solo había colores, sino también sonidos, texturas, olores y sabores.

Comenzó a recomponerse. Pintó a su madre en el fragmento de la almohada blanca, dormida, y luego se pintó a sí misma. Añadió el trueno y la lluvia para complementar la respiración rítmica de su madre.

Combinó los olores de la lluvia fresca de primavera con una dulce y tenue fragancia de lilas en la piel de su madre. Mezclaba la sensación de la ropa de cama elegante y cremosa con el peso de un suave edredón sobre su cuerpo acurrucado.

Permaneció un largo rato al lado de su madre y contempló su cara dormida, contenta.

Algo le hizo cosquillas en la barbilla. ¿Pequeñas patas? Escuchó un chillido y torció la boca. Con un gran esfuerzo, abrió los ojos.

Una ardilla de pelaje plateado la miraba fijamente. Sus diminutas patas delanteras descansaban sobre sus labios. Inclinando la cabeza hacia un lado, salió disparada como una flecha. Elizabeth se sobresaltó.

Los helechos suaves se desprendieron de ella como una manta cuando se incorporó. Zaagi la había cubierto mientras dormía. Miró a su alrededor. Estaba en una cueva.

Cambiando de peso de pierna, se estremeció ante un dolor agudo en su hombro. Lo frotó, con cuidado de no aplicar mucha presión.

"¿Zaagi? ¿Dónde estás?". Su voz hizo eco.

Un trueno se quebró. Miró hacia la boca de la cueva, que estaba en lo alto de un largo sendero de arena. Parpadeó para enfocar la vista en la tenue luz.

Grupos de un brillante musgo índigo cubrían todo el techo de la cueva. Miles de pequeños cristales brillaban como estrellas entre el tenue resplandor azul.

Algo en su periferia se movió. Una gran roca descansaba

contra la pared de la cueva a unos seis metros de ella, y en la parte superior, la ardilla la observaba. En el momento que Elizabeth tardó en ponerse de pie, se había ido.

Luego la criatura estaba allí otra vez, revoloteando a la izquierda y a la derecha, casi demasiado rápida para que sus ojos la enfocaran.

"¡Detente!", gritó.

La ardilla se detuvo. Se sentó en la roca y la miró fijamente.

"Mi nombre es Elizabeth. Lo siento, no quise gritarte. ¿Quién eres, señor Ardilla?"

"Mi nombre es Jamu, encantada de conocerte". La voz de Jamu sonó como un timbre de cuarzo. "E igual que tú, soy una chica".

"¿En serio? ¿Una chica? ¿Y has visto a un suricata, Jamu?"

"Hoy vi uno, se dirigía hacia allá", dijo. Mientras hablaba, su cola se movió sobre su cabeza y apuntó hacia la abertura de la cueva. "¡Junto con el astuto, también: pícaro malvado, adiós para siempre!"

"¿Te refieres a un coyote?". El corazón de Elizabeth dio un vuelco. Marwolaeth. *Si le haces daño, te cazaré y...*

"¡Sí! ¡Sí! Pero Zaagi dejó algunas palabras para ti".

"¿Me dejó palabras?"

Jamu asintió. "En mí. Todo, yo recuerdo para siempre, lo que sea, cuando sea, a quien sea". Ella suspiró. "A veces, demasiado para que una ardilla cuente y muestre, demasiado en el mundo para que sepa y recuerde".

Elizabeth se acercó a la roca y se sentó. Sonrió a Jamu.

"Es mejor que no poder recordar o saber nada", dijo. Sacudió la cabeza y se miró las palmas.

Jamu se escabulló de la roca para sentarse frente a Elizabeth.

"Sé qué hacer, preocupada niña triste. Los viajeros vienen de todas partes del mundo, pasan por aquí y cuentan sus alegrías, amores y penas profundas". Señaló al musgo brillante y agregó: "Cada uno es una historia, cada una es cierta. Te diré la que es tuya y quedarás boquiabierta".

Elizabeth miró a Jamu y negó con la cabeza. "Pero Zaagi… no tengo tiempo para historias. Se culpará por lo que le sucedió a Memengwaa. ¿Me dirás lo que dijo?" Elizabeth raspó el pie contra el suelo de la cueva. "Memengwaa se ha ido, y todo es por mi culpa".

"Lo haré. Pero primero confía en mí. Ya verás". Jamu corrió por la pendiente que conducía al exterior.

Elizabeth se levantó y siguió las pequeñas huellas de Jamu en la arena. Subió hacia la abertura ovalada de la cueva. El contorno de Jamu era oscuro contra el gris del paisaje sombrío fuera de la cueva. El viento azotó la lluvia en ráfagas, conduciéndola casi horizontalmente de forma ocasional mientras los truenos rugían. Jamu se sentó en el borde, de espaldas a Elizabeth, y observó la violenta tormenta. Elizabeth se sentó al lado de la ardilla y respiró hondo.

"¿Dónde estamos?"

Jamu miró hacia ella y atrás hacia el exterior. "Gichi Manidoo".

"Qué palabras más extrañas", dijo ella, luego se detuvo. Frunció el ceño. "No, espera. Suenan familiares... ¿Qué significan?"

"¿Gichi Manidoo? Porqué, ellas *te* pertenecen".

Elizabeth suspiró. *¿Por qué todos aquí hablan en acertijos?* "Dime qué quieres decir, Jamu. Por favor".

Jamu volvió a mirar a Elizabeth, sus bigotes se agitaban.

"Eran palabras de tu madre, ahora tuyas, ¿lo ves? Significan 'Gran Espíritu'. Su orgulloso pueblo Ojibwe vive y habla, su sangre corre roja y azul, a través de ella, en ti. Los puedo ver en tus ojos, en tu cara".

"¿Y dónde está Gichi Manidoo?"

Jamu corrió apresuradamente y entró en la cueva, rociando una pequeña cascada de arena con sus patas traseras. Elizabeth sacudió la cabeza, se volvió y la siguió.

"Es una historia, una historia que nos contamos a nosotros mismos para liberarnos". Jamu se volvió y señaló a los miles de puntos de luz destellantes en el musgo índigo. "Cada luz es una historia mira".

Excepto por el sonido continuo de la lluvia y truenos distantes, la caverna principal estaba en silencio. Jamu había desaparecido mientras Elizabeth miraba las estrellas parpadeantes en el musgo. Miró detrás de la roca. Jamu no estaba allí, pero encontró una pila gigante de cacahuetes junto a otra pila de cáscaras vacías. Tomó uno y lo agarró entre sus dedos, pero antes de que pudiera levantar su brazo, un destello borroso lo agarró y desapareció. Mientras retrocedía, Jamu apareció con el maní en la parte superior de la roca y se lo ofreció.

"¿Te gustaría un maní, querida? Está claro que no tienes modales".

Las mejillas de Elizabeth ardieron. "Oh, dios mío. Qué grosero de mi parte. Me encantaría un maní, gracias". Tomó el maní, rompió la cáscara y se lo comió. Estaba dulce y crujiente. Estaba a punto de dejar caer la cáscara vacía en el suelo, pero Jamu la miraba con los ojos entrecerrados. Elizabeth colocó la cáscara vacía en la pila detrás de la roca.

Un regalo tan pequeño como un maní le hizo sentir un profundo anhelo por su hogar. Lo había mantenido bajo control, pero ahora la dominaba. Sintió un golpe en el muslo y miró hacia abajo. Golpeó su puño repetidamente contra su pierna. No podía dejar de hacerlo. La presión surgió de su vientre y se extendió por su pecho, se apretó alrededor de su corazón e hizo que le doliera. Le dio la espalda a Jamu, y le temblaron los hombros. Se desplomó hacia adelante y lloró hasta que los jadeos de su pecho se calmaron y su respiración también.

Se secó las lágrimas con el dorso de la mano, aliviada por que al menos la presión había desaparecido, por ahora. Miró los diamantes centelleantes en el techo. "Cuéntame una de las historias, Jamu", dijo Elizabeth. Jamu también miró hacia arriba y, justo encima de ella, uno de los diamantes brilló más y más.

Elizabeth se sentó, apoyó la barbilla en sus manos y esperó.

"Te contaré una historia increíble, exactamente como me la contaron a mí".

CAPÍTULO CATORCE
Diario – 08/10/2000

~*Marie*

Papá murió ayer por la noche, y ahora somos solo mamá y yo. Mi padre y mi hermano serán enterrados al mismo tiempo y en el mismo lugar. La mitad de las personas a las que siempre he conocido se han ido. Mamá me recordó que solo se necesitan dos personas para formar una familia.

Ayer, ayudé a apoyar a papá en sus almohadas y me senté con él. El atrapasueños de la abuela Aki que tenía mamá colgaba sobre la cabecera. Es del tamaño de una pelota de béisbol, y su red es suave, enmarcada por palos curvos tejidos entre sí en una intrincada red. Las plumas cuelgan de la parte inferior por un rígida trenza de crin de caballo. Cuando Parker y yo éramos pequeños, mamá lo colgaba sobre nuestras cabezas a la hora de dormir. Recuerdo que lo veía girar mientras ella lo sostenía arriba. Las plumas parecían estirarse hacia nuestros rostros cuando se me cerraban los ojos. Mamá lo había colgado sobre la cama de papá. Él no lo quería, pero no discutía con ella.

Me acurruqué junto a papá. Abrió la boca, respiró hondo y dijo: "Marie". Había tosido tan fuerte que temblaba y sudaba, y la sangre había salpicado su camisa. "Voy a curarme de esto, solo espera. Y cuando lo haga, te mostraré cómo ser una guerrera".

Desearía no haber discutido con él. No sabía entonces que esa sería nuestra última conversación. "Tal vez no quiero ser una guerrera. Le dijiste a Parker que él era un guerrero, pero nunca me dijiste que lo era hasta hoy, ahora que está muerto", le dije.

Respiró hondo, tembloroso, y sus ojos se pusieron suaves y húmedos.

Me aparté de él y golpeé mi pierna con fuerza, varias veces. Últimamente, me gusta el dolor. Quiero decir, no se siente bien, pero se siente real. No son las palabras bonitas que la gente te dice sobre el dolor en un funeral; está justo ahí. Sin embargo, no quería que me viera hacerlo.

"Un guerrero no es un niño o una niña. Un guerrero nace primero en el corazón", dijo.

"¿Me enseñarás?", pregunté.

"Acabo de decir que lo haría, cariño".

Besé su frente y salí de su cama para dejarlo descansar. Cuando puse mi mano en el pomo de la puerta, dijo: "Dime la regla de la verdad".

Lo miré y puse los ojos en blanco. Esperó una respuesta y no tuve más remedio que decir las palabras. "Siempre di la verdad, pero solo las verdades que no lastiman a las personas".

Él sonrió, y sus mejillas estaban húmedas de lágrimas. Un recuerdo apareció: yo cuando era una niña pequeña, tropezando con los zapatos ajustados y brillantes que tenía que usar para la compañía de Pascua. Me había tropezado en la cocina y él se dio la vuelta y me cogió en sus brazos, me hizo girar sobre su hombro y me besó en la mejilla antes de bajarme.

"Ve a lavar los platos", dijo. "No le des a tu mamá más de lo que ya tiene que hacer".

La cocina ya estaba bastante limpia, pero mi plato de flores azules, con sus manchas de mostaza y sus orillas de pan, todavía estaba en la mesa junto a la botella de soda casi bebida por completo. Los llevé al fregadero, tiré el resto de la botella y sostuve el plato mientras me levantaba y miraba por la ventana.

Las lágrimas salieron duras y rápidamente. Dejé el plato en el fregadero y corrí. Apenas llegué a mi habitación antes de que el llanto me dificultara mucho ver a dónde iba. Cerré la puerta de golpe y me dejé caer en mi cama deshecha, con las sábanas de unicornio y edredón esponjoso rosa. Es la habitación de una niña pequeña. Ya no soy una niña pequeña, Parker está muerto, y sé que papá no me va a enseñar nada. Mi infancia se siente muy lejos, como si le estuviera pasando a otra persona.

Enterré mi cara en mi almohada y lloré en la cara del tonto unicornio azul pálido. Lloré por Parker, por papá y por mamá. Pero no puedo llorar por mí misma. Puedo ser honesta y llorar por los demás, pero mi propia verdad, mis propias pérdidas, ni siquiera puedo nombrarlas en mi cabeza. Duele mucho.

De ahora en adelante, voy a tener cuidado con las verdades que me digo a mí misma.

CAPÍTULO QUINCE

La blasfemia de la oscuridad

~Federico

Estábamos en un agujero en las montañas de Afganistán. Shane Budowski, Lou Barker y yo. Inmovilizados.

Sabía que Budowski estaba jodido cuando empujé los pedazos desgarrados de su intestino grueso de nuevo por el agujero que tenía justo encima de su cadera izquierda. La sepsis lo mataría, al igual que la pérdida de sangre, la cual empapaba la tierra en la que estábamos agazapados. Lou seguía sintiendo nauseas y miraba hacia otro lado, luego volvía a mirar hacia atrás. La luna era un reflector, y tampoco podía evitar mirar la herida, así que decidí que simplemente los metería de nuevo. Sus tripas se hinchaban cada pocos minutos, y por eso me rendí.

"¡Mata al caballo, mata al caballo!", gritaba Budowski, obviamente delirando.

Lou gemía de frustración. "¿De qué está hablando?". Me encogí de hombros, y él medio susurró: "Cállate, Ski. ¿Ok? Por favor, hermano, cállate".

Me recosté y miré a través de las ramas enmarañadas de un ciprés gigante que colgaba sobre nuestro agujero, la cabeza de Budowski en mi regazo. El calor era una mano sudorosa sobre nuestras bocas. Esperaba que los talibanes se hubieran cansado de jugar con nosotros y se fueran, pero probablemente volverían pronto. Una araña gorda, como una pústula andante, amarilla con manchas verdes en su espalda, se deslizó por mi brazo, bajó por mi pierna y se metió en mi inútil M-16, sin repulsión ni preocupación, ni siquiera curiosidad. Como líder de pelotón que era, ni siquiera tenía la fuerza o la iniciativa para sacudir a la bastarda.

El brazo de Lou estaba torcido en el cabestrillo que había hecho con la camisa de Ski, y no podía ver por su ojo izquierdo, ahora hinchado como una ciruela madura. Yo a penas podía cojear con el pie derecho, gangrenado por el clavo oxidado de veinticinco centímetros colocado específicamente para que lo pisara un imbécil como yo, sin duda embarrado con mierda de cabra o algo así.

Moví suavemente a Budowski, y luego me arrastré para revolver en el botiquín de Lou. Saqué las últimas tres jeringas de morfina.

"Quiero morir, oh Jesús, quiero morir...", balbuceaba Budowski.

El dolor en mi pie era insoportable; como un cuchillo sin filo que se empujara lentamente a través de la parte superior, luego se retirase y luego se empujase nuevamente. Lou me vio sacar las jeringas. Sus dientes castañeteaban. Escupió con disgusto cuando me moví hacia Budowski con las tres en mi mano.

"Las estás malgastando", dijo, y miró hacia otro lado. Esperaba que pusieran a Budowski al límite. Su piel era blanca, la sangre le goteaba por la barbilla.

Mientras le clavaba una en el muslo, miré por encima del borde de nuestra depresión y vi al caballo, una magnífica yegua blanca pura, delineada contra una llama rubí de roca de montaña, a unos treinta metros de nosotros. Parecía tan natural, tan acertada, ella pertenecía a las profundidades del desierto afgano tanto como nosotros, aunque la extrañeza de su existencia en este lugar apenas estaba registrada en mi mente.

"Dios mío. ¿Ven eso?", Lou jadeó.

"Sí. Me alegro de que tú también".

La yegua nos observaba con cautela mientras pastaba en una escasa vegetación. Lou se deslizó y colocó su mano buena en el costado de la garganta de Ski.

"Adiós, hermano", dijo unos segundos después. Apenas noté la muerte de Ski, estaba tan fascinado por el caballo. Tal vez se escapó de un circo, pensé.

Desde arriba vino el pum-pum-pum de un Chinook amigo que se acercaba. Lou se tambaleó y me puso de pie. Intenté agarrar a Budowski, pero Lou tiró de mí y me sacó del agujero. Sacudí la cabeza y salté hacia atrás, gimiendo por el dolor en mi pie. Lou maldijo, pero se unió a mí nuevamente y luchamos por llevar el cuerpo de Budowski.

Mientras nos tambaleábamos y tropezábamos hacia el ruido,

con el cadáver a cuestas, estalló el inconfundible ruido del M-240B del helicóptero y observé, como si fuera una película de Sam Peckinpah en cámara lenta, como el caballo era cortado en sangrientos pedazos. Sabía que alguien había decidido divertirse un poco y comencé a gritar a través del estruendo del helicóptero, ahora visible, pero no recuerdo lo que dije. Era demasiado tarde para el caballo, de todos modos.

El helicóptero bajó en picado cuando nos vio y se dirigió hacia nosotros. Se instaló en una estrecha abertura entre rocas gigantes, cerca de nosotros. Despegamos cuando se produjeron disparos a unos trescientos metros hacia el sur.

"¿Vieron ese maldito caballo?", el pistolero gritaba y se golpeaba el muslo repetidamente. "¡Fue extraordinario!". Lo último que recuerdo antes de desmayarme fueron las trazadoras, todavía visibles en la niebla del amanecer, golpeando lo que quedaba, haciendo que la carne y los huesos saltaran como aserrín mojado en un tambor.

Lou y yo hablamos solo una vez después de ser atacados. Hice una misión más en Afganistán y luego, unos años más tarde, nos reunimos en el Monumento a los Veteranos de Vietnam en Washington. Él jura que el caballo fue una especie de ángel guardián, que se sacrificó por nosotros, que nos protegió. Yo lo tenía más claro, no era un ángel *ni* un demonio.

Pensé que estaba loco, pero ahora sé a qué se refería Budowski. Casi me alegro (casi) de que alguien haya matado a ese magnífico animal. Hay lugares y tiempos a los que no pertenecen la belleza y la gracia. Es mejor a apagar la luz nosotros mismos, a veces, que dejar que lo sublime sea mancillado por la blasfemia de la oscuridad.

CAPÍTULO DIECISÉIS

Jamu cuenta la Historia del Extraño

~Elizabeth

Hace mucho tiempo, cuando los humanos vivían en paz y armonía con la tierra, había una aldea cerca de un vasto lago llamado Gitchigumi. Un otoño, una tormenta se cobró la vida de la mayoría de los hombres en el pueblo mientras pescaban. Al verano siguiente, un anciano vino a ellos, un extranjero de muy lejos. No llevaba nada más que la ropa en la espalda y un cuchillo en la cadera. También llevaba los recuerdos, en las cicatrices de su cuerpo, de muchas batallas peleadas durante su larga vida como guerrero. Su cabello era plateado, atado en una cola de caballo, y sus ojos eran de un verde claro y penetrante.

Las mujeres le ofrecieron comida y bebida. "¿Por qué ha venido aquí?", preguntó una.

"Estoy cansado y cerca del final de mi viaje", dijo. Suave y rica, su voz sonaba como las lentas olas de Gitchigumi en una mañana de verano.

"Es bienvenido a comer nuestra comida, pero no puede quedarse", dijo otra. "Usted es un extraño. ¿Por qué no regresa a su propia aldea para terminar su viaje?".

"Este es mi hogar. Soy un hijo, un hermano y un padre para todos ustedes. Por fin he regresado de una misión para vengarlos, una misión a la que me ustedes me enviaron hace mucho tiempo. Es lo que he hecho".

Ante esto, se asombraron. Ninguna lo reconocía ni lo recordaba.

"Tal vez sea así o tal vez no, pero incluso si fuera cierto, eso fue hace muchos años", dijo una anciana con un largo cabello blanco y un collar de topacio, que era la Anciana de la Villa. "Descansa aquí, luego regresa a tu viaje. Hijo o no, ya no perteneces a nosotros".

"Puede quedarse en mi refugio todo el tiempo que quiera", dijo entonces una joven doncella, dando un paso adelante. Su nombre era Aiyana, y aunque era pequeña de estatura, su espalda era tan recta como el eje de una flecha, y su rostro era franco. Se dirigió a los aldeanos y agregó: "Mi madre murió hace mucho tiempo y me dio la vida, y mi padre murió hace un año en el Gitchigumi con sus padres, hijos y esposos. Soy hija única, y conozco la soledad. Este gentil hombre reclama el parentesco. Me avergüenzo de todos ustedes".

Hakan, uno de los pocos jóvenes que no había estado en el fatídico viaje de pesca, también intervino. "Aiyana. No conoces a este hombre. No *conocemos* a este hombre. No es apropiado o correcto que le hagas tal oferta. Deja que encuentre su camino hacia otra aldea".

Al Extraño, le dijo: "Váyase ahora. Aquí no es bienvenido". Se cruzó de brazos y miró al Extraño, a quien ahora miraban todos en el pueblo.

"Hakan, cuida tus modales", dijo Aiyana.

Hakan la miró, cambió el peso de pierna, pero se mantuvo firme.

El Extraño sonrió a Aiyana, y luego asintió a Hakan.

"Gracias. Pero construiré mi propio refugio a cierta distancia de la costa, lo suficientemente cerca para ser de ayuda si me necesitan, pero lo bastante lejos para no molestarlos a ninguno de ustedes".

"¿Qué ayuda podríamos necesitar de un viejo vagabundo sin nada que mostrar, excepto la ropa polvorienta en su espalda?", preguntó Hakan. Giró sobre sus talones y se alejó.

Aiyana suspiró, luego se acercó al Extraño. "Me disculpo por Hakan. Él es más listo que eso ¿Podría por favor reconsiderar mi oferta?"

El Extraño negó con la cabeza. "Él tiene razón, no sería apropiado".

"Gracias por la comida y la bebida", dijo, dirigiéndose a todos ahora. "Es más de lo que podría haber esperado".

Se giró para irse, pero Aiyana le tocó el brazo. Se detuvo y se dio la vuelta. Ella abrió la boca para hablar, pero no pudo recordar lo que quería decir. Sus ojos eran grises como los de un lobo, pero teñidos con los tonos esmeralda de un vasto mar.

"Él será un problema si no tienes cuidado", dijo el Extraño en voz baja, para que solo ella pudiera escuchar.

Aiyana parpadeó, luego frunció el ceño. "¿Hakan? Él no es un problema".

El Extraño sonrió gentilmente. "Adiós, Aiyana. Eres un alma valiente y amable".

"¡Espere! ¿Cómo se llama?". Aiyana lo llamó mientras se alejaba, pero no se dio la vuelta ni respondió.

El forastero siguió la costa hasta que el pueblo ya no estuvo a la vista. Escaló una alta duna hasta un acantilado con vistas al gran lago. Cerca del borde, construyó un refugio pequeño, pero resistente. Rodeado de abedules blancos y abetos azules, reunió leña para un fuego y luego se bañó en el agua fría y clara del lago. Por la noche, dormía bajo las estrellas, junto al fuego, junto a su refugio.

Mientras dormía, muchas criaturas del bosque vinieron a mirarlo: el oso pardo y el león de montaña, el mapache y el alce, el depredador y la presa. Su espíritu amable y amoroso los atraía, llamando a sus corazones anhelantes.

Una noche, tras haber transcurrido unos días, Hakan fue al refugio de Aiyana. Ella dejó que entrara y escuchó su súplica.

"Estás en edad, Aiyana, y es hora de elegir a un hombre para casarte y formar una familia. Soy un buen hombre, te proveeré, te protegeré, y te rodearé de amor para siempre", dijo.

Aiyana se miró los pies, luego levantó la vista hacia Hakan. "Mi respuesta es la misma que cuando me preguntaste antes.

Somos amigos, pero nunca me casaré contigo. Siéntete en paz con mi respuesta y encuentra otra con quien comenzar tu familia".

"Pero estás sola. No tienes familia, tu padre ya se fue hace un año. Déjame protegerte. Otras doncellas anhelan mi atención. ¿Por qué eres indiferente?"

Los ojos de Aiyana brillaron ante la mención de su padre. "Mi padre fue un gran luchador. Luchó contra el Viento del Norte, luchó contra el Gitchigumi y su espíritu vive en mí. No necesito tu protección ni la de nadie".

Hakan negó con la cabeza, frustrado por su rechazo, y en silencio decidió que alguien más le había robado el corazón. Amargos celos y rabia echaron raíces en su interior.

"Pero, ¿por qué?", preguntó, con las palmas abiertas y extendidas.

Ella sacudió la cabeza y miró hacia otro lado. "Tienes mi respuesta una vez más, y por última vez. Por favor vete ahora".

Frunciendo el ceño, Hakan se fue para avivar las brasas que ardían dentro de él.

En la luz amarilla de una vela, Aiyana se quedó inmóvil. Pensó en el Extraño, un guerrero que hablaba con poder controlado y restringido, cuyo cuerpo y mente parecían equilibrados como el centro del mundo, pero cuyos movimientos eran como la niebla que roza la superficie vítrea de un estanque. Ella lo había observado atentamente cuando había aparecido en el pueblo. Cada movimiento, cada mirada, cada palabra que pronunciaba, cada opción de permanecer en silencio cuando otros habrían hablado, la habían fascinado.

Ella quería ser una guerrera como él. Quería su gracia y su fuerza. Anhelaba luchar por algo más que ella y algo más grande que su aldea, tan grande como el cielo ancho y profundo.

Se sentó en un taburete ante un espejo. Tomando un cuchillo afilado, se cortó el pelo cerca del cuero cabelludo.

Al día siguiente, el Extraño estaba sentado con las piernas cruzadas en la orilla del gran lago y afilaba la punta de una rama de árbol para hacer una lanza. En su hombro, se posaba un halcón. El halcón se volteó a mirar e hizo una llamada. A unos cien metros de distancia, Aiyana se acercó. Llevaba la ropa simple de un guerrero: una túnica y pantalones hechos de cuero de caribú, con un cuchillo en la cadera.

El halcón se fue volando, y el Extraño se puso de pie cuando Aiyana se detuvo ante él. Ella lo saludó con la cabeza y él devolvió el saludo de la misma forma. Se arrodilló en la playa ante las olas rompientes. El Extraño se sentó, aceptó su presencia y regresó a su tarea, mientras Aiyana descansaba las manos en su regazo.

"Un verdadero guerrero siempre lucha para proteger. ¿Qué quieres proteger?", preguntó, mientras su brillante cuchillo arrojaba virutas a la arena.

"Todo".

Él rio. "¿Protegerías a la liebre recién nacida del lobo?"

"¡Sí!"

"Pero el lobo debe comer para vivir".

Aiyana se detuvo, escogiendo sus palabras con cuidado. "Quiero proteger a los indefensos de los poderosos".

El Extraño la miró. "Eso está mejor. Recuerda siempre esto: el lobo y el halcón matan, pero no son malos. El mal en este mundo es traído por los seres humanos. Ahora vete a casa y regresa por la mañana".

Aiyana lo miró fijamente. Ella intentó tocar su mejilla, porque sentía un gran afecto y gratitud hacia él, pero él la agarró de la muñeca para detenerla.

"Nuestro parentesco es de espíritu. Te enseñaré lo que sé porque somos de la misma familia de guerreros. Podemos ser amigos, porque el significado de la amistad es compartir cosas hermosas y verdaderas entre sí. Pero eso es todo lo que podemos ser". Le soltó la muñeca y regresó su atención a su lanza.

Aiyana asintió y se fue.

A la mañana siguiente, ella regresó como él le había pedido. Día tras día, semana tras semana, ella se acercaba a él y él le enseñaba todo lo que sabía del mundo y de ser un guerrero. A veces, ella pasaba la noche dormida en su refugio mientras él dormía bajo la luna y las estrellas a su lado. Con el tiempo, las criaturas alrededor del Extraño llegaron a conocerla y a confiar en ella. Poco a poco, los cálidos días de verano se convirtieron en un frío otoño.

Todos los días, Hakan la seguía desde la distancia. Los observaba a los dos desde una duna lejana escondida detrás de los arbustos. Su rabia y sus celos crecieron y crecieron, aparentemente sin límites. Difundió mentiras y rumores sobre Aiyana y el Extraño entre los aldeanos, porque la ira le retorció el corazón, deformándolo.

Un día, los guerreros de una aldea lejana se acercaron a lo largo de la costa después de haber oído que los hombres adultos de la aldea se habían ido, y que la gente era una presa fácil.

El Extraño y Aiyana, con la ayuda de los lobos, el oso pardo, el halcón y el león de montaña libraron una gran batalla y los ahuyentaron. Aiyana luchó con fuego en su pecho, justa y tranquila, sabiendo que estaba protegiendo a los débiles de los poderosos, porque era para lo que había nacido.

Hakan observó la batalla desde lejos, oculto y temblando. No podía estar feliz por la victoria. Observó a Aiyana dejar atrás al Extraño y regresar sola al pueblo para dar la noticia. La siguió y se acercó a ella antes de que llegara a la aldea.

Hakan tenía una sonrisa falsa en su rostro y abrió los brazos como para abrazarla. Ella le devolvió la sonrisa, sin darse cuenta del odio que él sentía, y dio un paso adelante. Pero Hakan tomó su cuchillo y lo empujó contra su confiado corazón.

Los ojos de Aiyana se agrandaron como una luna llena. Su espíritu dejó su cuerpo para ir al cielo. Cuando su cuerpo vacío se desplomó sobre el suelo, Hakan lo sostuvo en sus brazos, con lágrimas en sus ojos. La soltó y corrió hacia el pueblo. Arriba, el halcón gritó, giró y voló hacia el Extraño.

Una vez en el pueblo, Hakan llamó en voz alta. Los aldeanos salieron corriendo de sus viviendas y lo rodearon. Les dijo que había visto al Extraño matar a Aiyana, y lloraron de dolor.

De vuelta por el lago, el forastero siguió al halcón y se acercó al cuerpo de Aiyana, acostado junto a Gitchigumi. Sospechó de inmediato lo que había sucedido. Apretó los puños y apretó los dientes. Su rostro ardía de color escarlata.

Pero luego la ira se drenó de su cuerpo hacia el vasto lago, que le quitó su dolor y furia y le devolvió la calma, el amor y la paz. El Extraño se inclinó y colocó las manos debajo de sus hombros y piernas, la levantó y llevó su cuerpo hacia el pueblo.

La multitud de aldeanos lo fulminó con la mirada mientras se acercaba. Hakan se quedó a un lado, señaló al Extraño y gritó: "¡Asesino!"

El Extraño se detuvo ante ellos y puso el cuerpo de Aiyana en el suelo. Los aldeanos silenciosos miraron fijamente, temerosos de él ahora.

La anciana de la aldea dio un paso adelante. "Hakan dice que has matado a Aiyana. ¿Qué tienes que decir en tu favor, Extraño?"

"¡No lo dejen hablar! Él no merece hablar. ¡Se merece el castigo!", gritó Hakan.

"¡Silencio!", espetó la anciana. Al Extraño, le dijo en voz baja: "Habla ahora".

El Extraño abrió sus manos y brazos y se inclinó ante los aldeanos.

"Esta niña libró una gran batalla para protegerlos. Es hija de todo este pueblo y luchó valientemente con amor en su corazón.

Era una verdadera guerrera a la que nunca deben olvidar, como me han olvidado". Se arrodilló ante el cuerpo de Aiyana y agachó la cabeza.

"Nunca toqué a esta niña, excepto con un casto afecto, ni le he quitado su vida. Crean en quién deban, y cederé a cualquier juicio que impongan contra mí. Pero denle a esta gran guerrera, cuyo cuerpo está ante ustedes, el funeral y el entierro de un héroe".

"¡Es un mentiroso! ¡Vi con mis propios ojos cómo la mató!", gritó Hakan. El Extraño no respondió, pero permaneció en silencio e inmóvil, con la cabeza inclinada.

Los aldeanos miraron fijamente al Extraño. Miraron a Hakan, quien se sacudía y se golpeaba los muslos con los puños.

Después de un momento de silencio, la anciana del pueblo se estiró y colocó su palma suavemente sobre la cabeza del Extraño.

"Ahora recuerdo. Hace muchos años, que de la misma manera que cargabas a Aiyana, traías el cuerpo de nuestra madre a nuestro pueblo. Te enviamos a buscar a los asesinos y concederles justicia. Soy tu hermana. Bienvenido a casa, mi hermano", dijo.

Otra anciana dio un paso adelante. "Bienvenido a casa, hermano".

Una joven también dio un paso adelante. "Soy tu hija, todas somos tus hijas, tus hermanas y tu familia. Bienvenido a casa".

Todos los aldeanos se reunieron por fin e hicieron eco: "Bienvenido a casa".

"¡Son unos tontos!", gritó Hakan. "No necesito a este pueblo. No los necesito a *ninguno* de ustedes. Todos ustedes son unos extraños para mí", declaró con desprecio. Se dio la vuelta y comenzó a alejarse del pueblo.

La anciana del pueblo se agachó y le susurró al Extraño: "Danos justicia, una vez más, para Aiyana".

El Extraño silbó. Cuatro halcones gigantes volaron desde los cuatro rincones del mundo. Sus alas tronaron en el aire. Cayeron sobre Hakan y lo hicieron pedazos.

Los aldeanos abrazaron en sus brazos al hombre, que ya no era más un extraño, y lo besaron en la mejilla.

"Dinos tu nombre ahora, para que podamos conocerlo nuevamente", dijo la anciana del pueblo.

"Mi nombre es Nanabosho. Mi viaje ha terminado por fin".

CAPÍTULO DIECISIETE

No puedes forzar al mundo a rimar

~Elizabeth

Se sentaron en silencio durante un tiempo. Finalmente, Elizabeth preguntó: "¿Es verdad la historia?"

"¿Quieres que lo sea?"

Casi dijo que no. Pero se dio cuenta de que la historia la hacía sentir fuerte y cálida.

"Sí", susurró ella.

"Entonces, por supuesto, es verdad", respondió Jamu.

Cerrando los ojos, Elizabeth imaginó el valor de guerrera de Aiyana, la gran batalla, el poderoso y vasto lago Gitchigumi. Pensó en lo horribles que pueden ser los celos y cómo pueden torcer los corazones de las personas. Pensó en lo importante que puede ser la familia.

"¿Quién te contó esta historia?"

"Ven. Tengo algo que debes ver".

Elizabeth siguió a Jamu, la cual se apresuró dentro de una pequeña abertura en la pared de la cueva y desapareció dentro. Emergió arrastrando algo detrás de ella. Era un objeto circular decorado con cuentas y plumas, con un tejido en el medio unido a un collar de cuero.

Elizabeth examinó el artículo exquisito y frágil. "¿Qué es?"

"Un atrapasueños, usado por un tejedor de sueños. Alguien lo dejó para ti hace muchos años, al pasar por aquí. Me dijo que vendrías un día".

"¿Para mí? ¿Quién lo dejó?"

"Tu padre, querida".

"¿Mi padre estuvo aquí?"

Jamu asintió. "Sí, él estuvo aquí en un estado frenético. Te estaba buscando, pero para eso era demasiado pronto, y para él, demasiado tarde". Elizabeth miró más de cerca el atrapasueños. Algo sobre él le era familiar. Algo sobre su padre, sobre mantener fuera los malos sueños. Le temblaban las manos.

"¿Qué es un tejedor de sueños?". Se colocó el atrapasueños alrededor del cuello.

"Un tejedor de sueños es alguien que duerme tan profundamente que no puede despertar. Un tejedor de sueños crea un mundo de sueños tan real y verdadero como cualquier cosa que esté en el mundo de los que están despiertos. Tu padre usó también este atrapasueños, y me habló sobre Nanabosho, sobre quien te he hablado yo ahora".

"¿Cómo sabía que yo estaría aquí?"

"En sus sueños", dijo Jamu, "*ahora* es cuando debería ser. Todos los segundos vienen a la vez, no solo uno, dos o tres".

Elizabeth asintió. "Y en el mundo de los que están despiertos, los segundos vienen unos tras otro, y el tiempo es largo, como una serpiente".

Jamu asintió. "Aprendes rápido, y tu mente vaga libre. Tu padre vio a la serpiente que se mordía la cola. En los sueños tuvo éxito, mientras que despierto fallaría".

"Murió, ¿verdad? Y Gichi Manidoo prueba que la muerte es una especie de sueño, ¿cierto?"

"La verdad vendrá en su propio momento. No puedes forzar al mundo a rimar".

Jamu se subió por el costado del cuerpo de Elizabeth y se detuvo en su cabeza. Elizabeth miró hacia arriba. Jamu hizo contacto visual con ella estando boca abajo.

"Siempre estaré contigo en mi corazón, como lo está tu padre, pequeña guerrera ladrona de cacahuetes", dijo Jamu. "Ahora déjame enseñarte a bailar vals y ayudarte a liberarte el dolor que traes".

Jamu se escabulló y se paró sobre sus patas traseras a su lado.

Elizabeth sacudió la cabeza. "No creo que quiera bailar, Jamu. Quiero saber cómo llegó mi padre a estar aquí. Quiero saber dónde es *aquí*. Quiero saber dónde está mi madre. Quiero saber quién soy. ¿Y dónde está Zaagi? Lo siento, pero quiero salir de esta cueva, Jamu. El mundo se está muriendo, lo sabes. Tenemos que escalar la montaña. Jiibay me dijo eso".

"No hay escalada con una tormenta como esta. Aprende a bailar antes de subir, o perderás los pasos de la vida". Jamu se mecía de un lado a otro. Su cuerpo se inclinaba al tiempo que su cabeza se movía primero hacia un lado, y luego hacia el otro. "Cuando usamos el ritmo y la melodía para movernos por el espacio, entonces el cuerpo y el espíritu se unirán con gracia".

Ella observó el movimiento sinuoso de Jamu, hipnotizada. "Bueno, puedes enseñarme. Pero no seré paciente para siempre".

Jamu asintió y le mostró los pasos de un vals, y Elizabeth la copió. Ella retiró su pie derecho, luego juntó ambos pies, formando una caja. Después de repetir los pasos durante varios minutos, Jamu se levantó y se sentó en su hombro izquierdo.

"Imagina que tienes a un chico guapo en tus brazos, hipnotizado por tu ingenio y encantos", susurró. Elizabeth fingió tomar una mano en su mano derecha y descansar su brazo izquierdo sobre un hombro robusto imaginado. "Ahora, tal como te he enseñado, date una oportunidad, y con este amable compañero, aprendamos a bailar".

Jamu tarareó la melodía de un vals. Elizabeth respiró hondo y contuvo el aire, aclaró su mente y dio el primer paso. Tropezó, se enderezó y siguió. Ella respiró de nuevo. Después de un rato, el movimiento se volvió natural.

Jamu susurró: "¿Cómo se llama tu compañero? Una historia sin detalles es una vergüenza".

"Su nombre es Fede", decidió. Cerró los ojos y se lo imaginó por completo. "Sus ojos son azules y profundos, su piel es marrón como la corteza de un roble. Su pelo es rizado y suave. Usa lentes que son demasiado grandes y su nariz es larga y curva.

Se la rompió en una caída cuando intentaba montar un caballo salvaje".

Jamu interrumpió su zumbido para reírse. "Muy valiente, tu muchacho. ¿Pero tonto, tal vez, y un poco apresurado?"

"Solo un poco", admitió Elizabeth. "Es torpe y tímido. Dice que escribe poesía. Creo que se va a desmayar por aguantar la respiración de lo nervioso que está".

"Pobre Fede. Ahora detente y deja que él se incline. Haces una reverencia a cambio. Es suficiente por ahora".

Elizabeth obedeció mientras Jamu dejaba su hombro y regresaba a la cima de su gran roca.

Elizabeth se acercó. "Gracias, Jamu". Entonces vio los ojos refulgentes de Jamu. "Oh. ¿Estás bien?"

"Nunca he salido de esta cueva, ni he bailado con nadie, por mucho o poco tiempo. Desde mi nacimiento hace tanto tiempo, esta cueva ha sido mi prisión, como lo indicó el destino. Pero siempre recuerda esto: las historias son como puentes, nos llevan a donde tenemos que ir, pero no son el final de nuestro viaje, tenemos que seguir". Luego, Jamu se volvió y desapareció una vez más detrás de la roca.

Elizabeth suspiró y volvió a descansar sobre sus helechos.

Tenía sueño, y el hombro comenzó a dolerle. Lo frotó, se recostó y se hizo un ovillo. El sonido de la lluvia eran mil pasos de un triste y solitario camino a casa en su corazón.

CAPÍTULO DIECIOCHO

No necesito tu bote

~*Federico*

Me apoyé contra una pared con los brazos cruzados y observé a las personas, en su mayoría personal del hospital, entrar y salir de la Unidad de Cuidados Intensivos. El movimiento de ida y vuelta de las dos puertas batientes automatizadas era casi hipnótico. Apreté el sobre de papel manila que tenía en la mano izquierda, recordándome mi propósito aquí. Una mujer de treinta y pocos años con cabello corto y gris, y una cara enrojecida y manchada, salió mientras se limpiaba los ojos con un pañuelo en forma de bolita. Un grupo de tres doctores con batas blancas con estetoscopios colgando alrededor del cuello se rieron de una broma entre ellos mientras pasaban junto a la mujer y atravesaban las puertas.

Caminé hacia una pequeña sala de espera con sillas tapizadas rodeadas de helechos de plástico. Me senté en una donde podía ver la puerta de la UCI. Cruzando las piernas, coloqué el sobre en una mesita y en su lugar cogí una revista. La hojeé, fingiendo mirar a las personas perfectas en casas perfectas haciendo cosas hermosas juntas.

Había caminado por las puertas hacía media hora y había sido detenido de inmediato por una enfermera amigable, pero severa, que posiblemente no era mayor de edad. Una lágrima tatuada se aferraba a la esquina de su ojo. Ella me había preguntado a dónde me dirigía. Le dije que a la habitación de Marie Mulligan. Frunció el ceño y me dijo que las horas de visita habían terminado y que, además, los visitantes habían sido restringidos a solo su esposo. Me disculpé y me di la vuelta para irme. Ella me preguntó mi nombre mientras me alejaba y fingí no escucharla.

Después de unos minutos de mirar la puerta, una mujer con cabello negro apretado en un moño, y que vestía un uniforme marrón, me llamó la atención. Mantuvo sus ojos bajos con recato, una mirada que reconocí como perteneciente a la clase de los sirvientes, de empleadas domésticas con pocas opciones, la clase a la que yo pertenecía. Cada vez que entraba, empujaba un carrito cargado con varias sábanas limpias y cada vez que salía, el carrito estaba lleno de toallas y sábanas sucias.

Cuando la vi más de cerca, mis palmas comenzaron a sudar. El calor subía por mi cuello. *Hermana Guadalupe Hidalgo*. Sabía que no podía ser el azote de la escuela secundaria de *Santa María de la Paz*, pero mis ojos me decían lo contrario.

Recordaba los ojos con párpados caídos, enmarcados por patas de gallo, las manchas púrpuras que cubrían sus manos con garras. Tenía el don de materializarse, invariablemente, como un depredador silencioso detrás de mí en su hábito negro cada vez que estaba involucrado o contemplando incluso la más pequeña travesura. Por encima de todo, recordaba los golpes de la regla en mis palmas abiertas hacia arriba. Casi podía ver las líneas del ceño fruncido y escuchar el rápido chasquido cuando ella daba un golpe tras otro. Las lágrimas comenzaron a arder en las esquinas de mis ojos solo por el recuerdo. *Dios te salve, María, llena eres de gracia…*

No estoy seguro de qué fue lo que me poseyó, pero me puse de pie y caminé hacia ella mientras esperaba con una carga de ropa limpia a que la puerta de la UCI se abriera. Ella me miró, luego vaciló. Sonreí. De cerca, el parecido con la hermana Guadalupe se disipó. Era más joven que ella, y sus ojos eran más suaves y amables, mientras que los ojos de la Hermana eran duros y estaban enfocados con una claridad rigurosa. Tomé una profunda inhalación.

"¿Puedo ayudarle?", preguntó ella. Una etiqueta con el nombre "Servicio de limpieza" tenía colocado el nombre de "Isabel". Intenté hablar, pero las palabras quedaron atrapadas en mi garganta. No estaba seguro de lo que quería decir. Sabía que necesitaba hablar con ella, que era importante. Sin embargo, ahora que estaba frente a ella, las palabras se me escaparon.

Me miró con los ojos entrecerrados mientras observaba su cara. No llevaba maquillaje. Tenía arrugas en la frente, alrededor de los ojos y en las comisuras de la boca. Me pareció que eran el tipo de arrugas dignas compradas por una vida dura, y ella parecía usarlas sin vergüenza y abiertamente. *Ojalá ella hubiera sido mi*

Hermana Guadalupe…

Ella tosió y me tocó el brazo, indicándome que caminara con ella a un lado. Empujó su carrito contra la pared, y caminamos hacia un pequeño nicho que contenía un cajero automático.

"Tú eres Federico, ¿verdad?", dijo con una sonrisa que desapareció rápidamente. Extendió su pequeña mano. "Soy Isabel, amiga de Marie. Trabajábamos… solíamos trabajar juntas". Su voz era resonante y llena. Dudé solo por un segundo y le estreché la mano.

"¿Ella te habló de mí? ¿Cómo está? Me gustaría verla".

"Sí, ella me habló de ti antes del… accidente. Pero puede que no sea bueno para ti verla, Federico. Si su marido se enterara…". Miró al suelo.

Toqué su hombro y fruncí el ceño. "No me importa su marido. Necesito verla. Ayúdame. *¿Por favor?*"

Ella me miró. La mirada en sus ojos provocó una sacudida a través de mí y sentí que algo se me estaba escapando, tal como lo había hecho antes.

Mi mente me llevó del presente al pasado, a ese otro momento. Estaba junto a un pequeño arroyo que pasaba por una sección de un cementerio. Mi madre estaba siendo enterrada como indigente entre otras tumbas pobres. Yo tenía ocho años. Seguía pensando que la tapa de la caja de pino barata se abriría, ella saldría y me diría que lamentaba haberme jugado una mala pasada. El Padre me había entregado un pequeño barco de papel, tal vez pensando que eso me impediría llorar. Cuando dijo "*Que descanse en paz*,", hizo la señal de la cruz sobre la caja. Fue entonces cuando supe que significaba adiós. Caí de rodillas y tiré el barco al arroyo cercano. Puse las dos manos en el agua helada y las clavé en el lodo. *No necesito tu barco, mamá no necesita tu barco.* Se alejó flotando cuando la trabajadora social tomó mi mano y me sacó del arroyo. Tiré y arqueé el brazo, tratando de escapar, y limpié el barro con la mano libre en su vestido amarillo. Pero ella me arrastró lejos de la tumba mientras yo pateaba y gritaba.

"Marie se está rindiendo", dijo Isabel, arrastrándome de vuelta al presente. "*Lo siento*".

"No".

Isabel levantó una ceja. "Escúchame. Recuérdala como estaba la última vez que la viste". Puso su mano en mi hombro y se inclinó hacia ella. "Su cuerpo se está apagando. No hay manera de llegar a ella. Para verla conectada a esas máquinas… no", ella negó con la cabeza, "es mejor que te vayas a casa ahora, Federico".

Una médico se acercó al cajero automático detrás de nosotros. Ella tenía el pelo largo y rubio y gafas con montura de cuerno. Nos miró. Nos quedamos en silencio, esperando que terminara su transacción y se fuera.

Levanté el sobre de manila y se lo ofrecí a Isabel. "Por favor".

Vaciló, pero lo tomó.

"Ella me dijo que eras un escritor. ¿Quieres que le entregue tu historia, *sí*?"

"Es *su* historia".

"Ah. Muy bien. Te prometo que me aseguraré de que la tenga si me prometes que te irás a casa ahora". Asentí con la cabeza y le di las gracias y ella se acercó para abrazarme. El abrazo fue cálido y lleno. Olía a desinfectante de manos y al olor a canela almizclado de arroz con leche. Le sonreí y me di la vuelta para irme.

"Rezaré a San Judas por Marie", me dijo desde atrás. El santo patrón de las causas desesperadas y perdidas.

Afuera del hospital, una fría lluvia de otoño cayó con fuerza. En el estacionamiento, observé un pequeño río de agua de lluvia correr sobre mis pies. Cuando llegué a mi auto, apreté los puños y luché contra la urgencia de golpear el pie contra el guardabarros. La lluvia cambió a granizo. Picó y enfrió mi piel. Mi rostro miró hacia el cielo, y la rabia se retiró nuevamente al lugar profundo donde vivía.

Recuérdala como era...

CAPITULO DIECINUEVE

Solo un beso, un beso y me iré

~*Elizabeth*

Día y noche, la lluvia continuaba sin parar. Pasaron dos días y Zaagi todavía no había regresado a por ella. Decidió que si en un día más, Zaagi no regresaba, dejaría la cueva para ir a buscarlo, incluso si eso significaba enfrentar la terrible tormenta que aún se estrellaba afuera. Su preocupación por su peludo amigo le estaba haciendo perder el sueño, pero Jamu era una distracción bienvenida.

Después de perseguir juguetonamente a Jamu por la cueva, Elizabeth se tumbó boca abajo, sin aliento. Jamu se tendió, frente a ella. Estaba preocupada por casi atrapar a Jamu, porque hoy Jamu parecía letárgica y no se parecía a ella misma.

Elizabeth entrelazó sus dedos y se inclinó hasta que estuvo casi cara a cara con Jamu. El trueno resonó desde la distancia. *Tal vez estoy cerca del centro de las cosas de las que me habló el coyote,* pensó. *Tal vez el centro no sea un lugar en el mundo, sino un lugar en el corazón.* Su propio corazón latía con fuerza.

"¿Cuántos años tienes, Jamu?", preguntó ella. Con cada respiración, al exhalar, despeinaba el pelaje de Jamu y lo hacía brillar en la luz azul.

"Tan vieja como el viento, tan vieja como la abeja, tan vieja como el niño recién nacido, tan vieja como un antiguo y defectuoso árbol de secuoya".

"Eso es vieja y joven a la vez. ¿Por qué siempre rimas cuando hablas?"

"Rimar es sublime. Es un baile con palabras, un murmullo de pájaros, nos recuerda que el juego es el significado de la vida, no la discordia o la ira. ¿Quieres rimar para mí? ¿Dejarías que tus palabras dancen vals y tango? Haz que suenen tan dulces, como la papaya y el mango".

"Esta vez no. Tal vez aprenda a rimar después", dijo Elizabeth y le guiñó un ojo. Jamu se rio tontamente.

La ardilla caminó por la pendiente hacia la abertura de la cueva. Elizabeth la siguió. Los movimientos de Jamu solían ser rápidos y ágiles. Hoy, cada paso de sus pequeñas patas se producía después de una leve vacilación, como si no pudiera encontrar la fuerza para seguir adelante.

Jamu se sentó en el borde de la cueva y observó la lluvia. Elizabeth se sentó a su lado. Un rayo golpeó cerca con un golpe tan fuerte que Elizabeth se sobresaltó. El vello de sus brazos se erizó como si su cerebro le estuviera advirtiendo de algo desagradable.

Jamu caminó desde el borde de la cueva hacia la lluvia. Su pelaje estaba tan mojado que parecía una pintura cuando se giró y sostuvo la mirada de Elizabeth, al tiempo que sus orejas colgaban, pesadas y empapadas.

"Lo siento, Elizabeth. Es hora de que me vaya. Estoy llena, y el círculo está completo. Pero en tu corazón, sabes que solo tú puedes liberarme. Quiero dormir y soñar el mundo. Quiero dejar esta cueva, esta jaula, esta tumba eterna. La luna me llama, los arroyos susurran, y las estrellas me cantan. Libérame para que pueda ir a ellas".

El estómago de Elizabeth se retorció como una cuerda mojada. De pie, ella apretó sus manos en puños. "Todavía soy una niña. ¿Cómo puedes pedirme que haga esto?"

"Debes, Elizabeth", dijo Jamu. "Te he esperado para siempre. Tú eres mi *Marwolaeth*. Ahora estás aquí, y te necesito. No es nada, de verdad. Solo un beso, un beso y me iré. Es lo que es el amor, es el corazón de Gichi Manidoo, y es el círculo en el centro del baile para siempre".

Elizabeth señaló los brillantes diamantes en el techo de la cueva. "Pero, ¿quién contará las historias si te has ido? No puedo hacerlo, Jamu. Soy un fracaso recordando. ¿Y por qué has dejado de rimar?". Ella buscaba cualquier argumento que pudiera reunir. "Nunca has salido de esta cueva. ¿No estás aterrorizada?"

Jamu asintió. Las gotas de agua se aferraron a su barbilla, se alargaron y cayeron como pétalos de flores de cristal. Sonrió. "Un poco. Eres rara y bendecida y tendrás la oportunidad de ver, tocar y conocer el mundo entero, no solo escucharlo en las historias. No tienes que recordar mis historias, puedes contar las tuyas. Ahora te diré las palabras de Zaagi. Pero primero, debes hacer que la tormenta se detenga".

Elizabeth frunció el ceño. "¿Cómo voy a hacer que se detenga?"

"Sabiendo que es hora de que se detenga".

Elizabeth miró hacia el cielo bañado por la lluvia. Se estremeció, se abrazó a sí misma y se meció de un lado a otro. Asintió, y por dentro sabía que Jamu tenía razón. Se aclaró la mente y se concentró en el calor y el brillo del cielo de zafiro que vio al salir de la oscuridad. Recordó el susurro de los pececillos en el arroyo, y la canción fluyó a través de su cuerpo y en el aire a su alrededor.

La lluvia se detuvo.

Las nubes se disolvieron y el sol estalló, brillante y cegador. Se protegió los ojos. Le calentaba la piel. Sus hombros apretados se relajaron, y su respiración se hizo más lenta. Salió de la cueva, se sentó frente a Jamu y cruzó las piernas.

"Por favor, dime", dijo Elizabeth.

Jamu se puso de pie. Usó su pata para alisarse las orejas, como hacía Zaagi. Saltó sobre sus patas traseras un par de veces, imitando su hábito impaciente.

"Estoy bien, niña tonta. No estás perdida, porque estás justo donde estás, ¡y no debes preocuparte!", dijo Jamu, imitando la voz de Zaagi. "Estoy enderezando tallos rotos y remendando el tejido en mi corazón, y volveré a ti cuando regrese el sol. Te llevo algo dulce".

Elizabeth olvidó por un momento que era Jamu quien hablaba, tan perfectamente imitaba Jamu su habla y sus hábitos. "¿Qué debo hacer, Zaagi? Eres sabio y adulto".

"Haz lo que sabes que debes hacer. Si no hay nadie que escuche, ¿por qué hablaría la luna, o susurrarían las corrientes, o cantarían las estrellas? Libera a Jamu que anhela escucharlas, y liberaremos a Campanilla, encontraremos a tu familia y mataremos a la serpiente negra que se come al mundo".

Jamu miró a los ojos de Elizabeth.

Elizabeth miró hacia el cielo, tan azul y profundo. Era el mismo cielo que recordaba haber visto cuando encontró a Zaagi por primera vez. Ella no quería mirar a Jamu a los ojos y perderla, aún no.

Cerró los ojos y vio la cara de su madre pintada en su memoria, dormida, a centímetros de ella. La cortina amarilla sobre el hombro de su madre se agitaba, y una brisa cálida los envolvía.

Su madre se despertó y abrió los ojos. Miró a Elizabeth, con los ojos aún soñolientos. Extendió su mano, le acarició la frente y la besó.

"Te amo", susurró su madre.

"Yo también te amo", Elizabeth susurró de vuelta. Abrió los ojos, se inclinó hacia delante y besó a Jamu en la frente.

"Adiós, Jamu".

"Gracias, gracias. Ahora una última cosa", dijo Jamu.

"Verás, tu nombre no es *Elizabeth*. Tu nombre elegido es *Marie*, Elizabeth Marie, tu nombre al nacer. Recuérdalo, ahora que has nacido de nuevo en Gichi Manidoo, con recuerdos nuevos sobre esta tierra. Adiós, Marie, mi lesionada y soñadora ladrona de cacahuetes. Y recuerda, a veces las jaulas pueden protegernos hasta que estemos listos para ser libres".

CAPÍTULO VEINTE

Diario – 23/09/2006

~Marie

Acabo de llegar a Mount Pleasant desde la Universidad del Estado de Míchigan, en Lansing, del programa de enfermería que me ha ocupado la mayor parte de mi vida. He estado visitando a mi madre.

Estoy escribiendo en mi auto estacionado con las ventanas cerradas porque está lloviendo muy fuerte. El condenado aire acondicionado no funciona bien, y mis muslos y espalda están empapados.

Puedo ver su habitación desde donde estoy estacionada. Puedo ver la ventana misma. Es un edificio moderno, bien equipado, limpio, fresco y frío. Los ingresos del casino hacen cosas maravillosas. Tiene una habitación privada para ella, donde se encuentra en una cama con estructura de metal apoyada sobre almohadas bordadas. Un televisor directamente en frente de ella tiene "Atínale al precio" a todo volumen.

"¡Baja!"

Dije: "Mamá, conocí a un hombre. Va a cuidar de mí. Dijo que me protegerá para siempre y me mantendrá a salvo. Su nombre es Carl. Sé que me ama. Solo tengo que enseñarle algunas cosas, mamá. Enseñarle a darme solo un poco más de libertad.

Un poco más de confianza. Su control es demasiado fuerte, demasiado limitado a veces. Pero él es lo que necesito en este momento, ¿sabes? Creo que lo amo. Esa es la verdad, y la verdad es lo que digo que es. Ya sabes cómo soy. Adiós mamá. Me dijiste que solo se necesitan dos para formar una familia. Tengo una nueva, así que no te preocupes por mí".

Le di las pastillas que me pidió hace meses.

Ella no intentó agarrarlas cuando se las ofrecí. Tomé su mano en la mía, vacié las pastillas en su palma y le cerré los dedos. Ella articuló algo, y el sonido salió, un susurro ronco. No estaba segura de lo que estaba tratando de decirme. Realmente no importaba.

Las pastillas la matarán. Quizás ya lo hayan hecho. He estado sentada aquí en este maldito y sofocante auto, esperando, durante mucho tiempo.

Cuando me paré cerca de ella, noté que su brazo estaba torcido hacia un lado, empujado hacia arriba por algo debajo de él. Levanté su brazo con cuidado y saqué un peluche deshilachado. Había sido mío cuando era más joven. Había salido una película llamada *El rey león* y uno de los personajes era mi favorito. Era un suricata parlante llamado Timón. Los ojos con círculos negros me miraron acusadoramente. Pequeños mechones de algodón se asomaban a través de una costura deshilachada en su costado. Lo puse sobre su pecho como si estuviera durmiendo la siesta. Ella se agitó y abrió los ojos.

Besé su fría frente, apurada por irme, para poder sentarme en este ataúd de metal y esperar. Sus ojos estaban agradecidos, pero distantes, ya en algún lugar a dónde nadie más la puede seguir. No pude encontrarme con los ojos de nadie más cuando caminé por el pasillo hasta el ascensor. ¿Así es como salimos de las jaulas, siempre con la muerte?

Pronto, la encontrarán y me llamarán. Creo que necesito vomitar, pero no puedo. Mamá, me duele mucho. Está en mi pecho, está en mi corazón. Te prometo que nunca lastimaré a nadie más así, nunca los dejaré solos, nunca los abandonaré.

En el asiento, a mi lado, está el atrapasueños de la abuela Aki. Mamá me lo entregó cuando me iba. Se supone que debe atrapar los malos sueños que vagan por el mundo y quieren escabullirse dentro de nuestras cabezas, y nos mantienen seguros mientras dormimos. Recuerdo que dormía de pequeña con eso colgando sobre mí. Y justo antes de quedarme dormida, intentaba enviar mis sueños hacia el otro lado, en la otra dirección hacia el mundo, como una nota en una botella, para encontrar a otra chica o chico que necesitara sueños amorosos en sus vidas.

Ahí está. Mi teléfono está sonando.

Ya no pertenezco a ningún lado.

CAPITULO VEINTIUNO

Todo lo que amamos depende de cómo caemos

~Elizabeth

Elizabeth se paró frente a la cueva, y luego se alejó un poco antes de volverse para mirar hacia la entrada. Estaba puesta en una losa gigante de granito de color óxido que se elevaba por encima de ella. La losa de granito era parte de la base de una montaña elevada, asumió que era el monte Beldurra. Junto a la apertura de la cueva, unos escalones toscos conducían hacia arriba y zigzagueaban por la cara de la montaña. Desaparecieron detrás de una roca que sobresalía cientos de metros por encima. El camino se bifurcaba en la entrada de la cueva.

Se encogió de hombros y tomó el camino de la izquierda que seguía la base de la montaña. Después de unos cinco minutos de caminata, llegó a la apertura de una cueva. Un árbol de sauce crecía cerca de un huerto de fresas debajo. Frunció el ceño. La montaña era gigantesca. No era posible que le hubiese dado la vuelta.

Suspiró y tomó el camino de la derecha. Cinco minutos después, la cueva se abrió, y el árbol de sauce apareció de nuevo. Ella continuó. La misma entrada de la cueva apareció de nuevo.

Se preguntaba cómo podría moverse en círculos si el camino nunca se curvaba. Se cruzó de brazos. La única manera de pasar la montaña, parecía, era sobre ella. Frunció el ceño y los labios.

Se volvió y miró detrás de ella. El camino en el que se encontraba dividía el centro de un campo de hierba altas hasta las rodillas, salpicado de flores amarillas y lavanda. En la lejanía, un grupo de robles custodiaba el campo. Estaba totalmente tranquilo. Una brisa hinchó y alisó su cabello y rozó las puntas de la hierba en delicadas olas. El dulce aroma de las violetas flotaba sobre ella.

Inclinó la cabeza y escuchó un silbido agudo en la distancia. Se quedó quieta y escuchó cómo su volumen aumentaba a un zumbido estridente.

Una pequeña cabeza se asomaba entre la hierba a intervalos. Cuando la criatura se acercó, el zumbido se hizo más fuerte. Cuando vio su cara, su piel se calentó y sus hombros se relajaron.

Se cruzó de brazos y frunció el ceño cuando Zaagi se dirigió hacia ella. Él le gritaba y gesticulaba, pero todavía estaba demasiado lejos para que ella lo entendiera. ¿Una taza? ¿El sol? ¿Su esposa? ¿Un sol para su esposa en una taza? Una nube marrón se arremolinó y zumbó cerca detrás de él.

Cuando Zaagi se acercó, el zumbido se intensificó. Ella entrecerró los ojos. Reconoció la nube que hervía detrás de él, un enjambre gigante de abejas enojadas. A unos cincuenta metros de distancia, sus gritos se aclararon por fin.

"¡Corre! ¡Corre, Elizabeth! ¡Corre por tu vida! Sube a la montaña. ¡Arriba, arriba!"

Su corazón se aceleró cuando corrió a la base de la montaña y comenzó a subir los escalones anchos y labrados de la escalera. Miró por encima del hombro. Zaagi llegó a la base y las abejas comenzaron a acercarse. Subió hasta que sus pantorrillas ardieron y el sudor de su frente le goteaba en los ojos.

Se detuvo en un afloramiento de granito que sobresalía a poco más de un metro de distancia de la pared del acantilado. Se dejó caer sobre las manos y rodillas y miró por encima del borde.

Zaagi se acercó a ella mientras una pequeña nube de abejas zumbaba alrededor de su cabeza. Se tendió boca abajo, bajó la mano y esperó. Zaagi saltó alto y le plantó la pata en la mano. Ella lo agarró con fuerza y lo llevó a la cornisa con ella. Las abejas restantes estaban flotando, zumbando y se retiraron por la ladera de la montaña.

Extendió la mano para agarrar un asidero de la cornisa que había sobre ella y tiró de él. Había un gran agujero negro donde había estado el pico de la roca. Casi puso la mano ahí. Los escombros le cayeron sobre la cabeza cuando el agujero se hizo más grande.

Se deslizó a un lado de los escalones, se levantó y pasó junto a las fauces negras. Zaagi la siguió fácilmente, su aliento resoplaba por su hocico.

El suricata y la niña subieron al cielo. Los escalones se hicieron más empinados y estrechos. Aparecieron más agujeros negros y convirtieron su frenética ascensión en un reto. Ambos mantuvieron la fría pared de granito en contacto, los ojos siempre hacia delante y hacia arriba. Después de unos veinte minutos más o menos, con la respiración agitada y el pecho agitado, oyó una llamada lastimera detrás de ella.

"¡Elizabeth! ¿Elizabeth?"

"Ahora no, Zaagi. Tenemos que llegar a la cima primero, amigo".

Una cornisa apareció delante, un afloramiento de roca

gruesa que interrumpió sus pasos. La cornisa colgaba a poco más de dos metros sobre el abismo. Ella alcanzó el escalón superior, se tambaleó contra la pared de la montaña y se inclinó. Se apoyó, con las manos en las rodillas. Su camiseta empapada se aferró a su torso y el sudor rodó por el puente de su nariz. Miró hacia el lado de la montaña. Rocas y rocas caídas se deslizaron hacia abajo en un rugido de escombros mientras la montaña era masticada por miles de hoyos negros.

Jadeó por unos momentos antes de enderezarse y mirar a Zaagi. Sacudió la cabeza y suspiró. Zaagi se arrastró hacia ella, sus orejas contra su cabeza, las lágrimas corrían por su rostro.

Extendiendo sus manos, lo tomó en sus brazos y lo meció. Él se acurrucó en su hombro y cerró los ojos. Se sentía abrigado y se estremeció, se relajó, y luego se estremeció de nuevo.

Ella notó que su pelaje estaba salpicado de gotas de miel; la cosa "dulce" que le había prometido que le llevaría. Ella tomó una pequeña porción de su frente con un dedo y la probó. Era picante, espesa y suavemente dulce.

"¿Marwolaeth?", preguntó. Zaagi abrió los ojos y miró hacia el horizonte.

"Le dije adiós", dijo en voz baja, y luego se acurrucó más cerca. Su respiración se hizo más lenta.

Enfrente, la sombra de la montaña se extendía sobre un bosque distante a medida que el atardecer se cernía sobre ellos y el sol se ponía en algún lugar detrás. Arriba, las nubes brumosas se movían, acercándose. Elizabeth imaginó que podía alcanzarlas y sacar un puñado de pelusa. Acarició la piel de Zaagi.

Sabía que estaban en la cima.

La montaña gigante se estremeció e se inclinó brevemente, luego se calmó de nuevo. El atardecer le dio paso a la noche a medida que las estrellas empezaban a brillar en el cielo como ventanas invitándolos a entrar. Cada una ardía con un suave calor, cada una estaba ansiosa por contar un secreto amoroso o romper un corazón.

Cántenme, pensó Elizabeth a las estrellas. *Merezco escucharlas, ¿verdad? No me queda nada, porque he perdido la memoria, mi familia. No tengo nada más que a este hermoso y triste suricata con un corazón roto, una suricata que está enamorada de un sueño. ¿Es ella real? ¿Ella también lo ama? Por favor que sea así. No sé si me quedan fuerzas para salvarnos a los dos.*

Una estrella brilló más y comenzó a crecer. Se expandió hasta que fue tan grande como una luna llena. La estrella se detuvo y se cernió sobre ella. Suavemente puso a Zaagi en el suelo sin despertarlo y se puso de pie. La estrella se estiró y contrajo hasta que se reorganizó en la imagen de la cara sonriente de Jiibay. Sus ojos eran de un blanco puro y brillaban.

"Hermana", dijo.

"Hermano", dijo Elizabeth, ya que la palabra "hermana" le devolvió los recuerdos de Parker como una inundación: la valiosa caña de pescar de Parker que ella y sus padres habían elegido para su cumpleaños, las dos jóvenes palomas de luto que ambos habían cuidado después de que cayeran de su nido, la forma en que él siempre parecía saber lo que ella iba a decir, como si pudiera ver el futuro.

"Nadie te salvará, excepto tú misma. Los que sueñan y los que son soñados se vuelven uno y, sin embargo, siguen su propio camino. Cuéntale tu historia a Federico, para que Marie escuche y recuerde".

Ella asintió, y se acercó a Jiibay y al borde del acantilado.

"¿Te refieres a *mi* Federico? ¿El chico con el que bailé?"

"Aquí, déjame mostrarte", dijo Jiibay. Se retiró del acantilado. Ella cerró los ojos y lo siguió, entrando en el vacío. Flotó en un túnel de zafiros. Vio a través de los ojos de Marie mientras bajaba las escaleras hasta una sala de calderas familiar. Vio a Federico estornudar, limpiarse la nariz con la manga y mirarla avergonzado.

"¿En qué puedo ayudarla?", preguntó con una voz suave, pero profunda. Un hombre grande y fornido con hombros poderosos, estaba vestido con un denim azul y una camisa de vaquero, abierta. Una línea de cabello retrocediendo sobre una gran frente le daba un aire de sabiduría, y sus ojos azules, brillaban con ingenio y humor. Él había sido el compañero de baile de Elizabeth cuando era niño en la cueva.

"¿En qué puedo *yo* ayudarlo?", preguntó Marie.

"Disculpe, señorita, pero está invadiendo propiedad

privada".

"No, para nada. Soy la dueña de esta casa".

"Sé que Carl Mulligan es dueño de esta propiedad", dijo él. "¿Y tú eres su… hija?", Marie levantó una ceja, "¿Hermana?"

"Soy su esposa, Marie".

"Lamento escuchar eso", dijo él. Negó con la cabeza y se sonrojó.

Marie sonrió. "Gracias. ¿Y usted es…?"

"Federico. Federico García. Soy el agente de bienes raíces que su esposo contrató".

Una música comenzó a sonar desde el celular en el bolsillo de Federico, un vals español. Marie comenzó a balancearse.

Él se acercó dando un paso hacia ella. "¿Sabe bailar?", preguntó.

"Alguien me enseñó a bailar vals una vez, pero fue hace mucho tiempo", le respondió, y también dio un paso hacia él. Estaba ansiosa por bailar con él una vez más, con el recuerdo de Jamu colgado en su hombro.

Sus ojos se ensancharon y dijo: "Sé cómo bailar vals". Ella lo agarró, acercándolo más, colocó las manos en posición y comenzó a moverse. Mientras bailaban a la silenciosa percusión del vapor, ella notó que él contenía la respiración. Él le pisó torpemente el pie izquierdo y su rostro enrojeció.

"No importa", dijo Marie. "No duele".

Después del baile, Elizabeth se retiró de Marie y Jiibay la

llevó de vuelta a través del túnel de zafiros a la cima de la montaña.

Se sentó junto a Zaagi, que se agitó, se estiró y se acurrucó contra su muslo. "Ese era Fede, pero adulto", dijo. "Creo que se está enamorando de mí, quiero decir, de Marie".

Jiibay sonrió. "Sí, pero ella es una mujer casada. Ahora es el momento de que salgas de la cornisa con tu amigo para encontrar su Campanilla. Pero la elección de ser encontrada y liberada será de la misma Campanilla, no de Zaagi y no tuya. No puedes salvar a alguien que no esté listo para ser salvado".

"¿Vendrás a mí otra vez?"

"Este es un adiós, porque o Marie romperá el vínculo y yo seré libre, o todos pereceremos con ella cuando este mundo acabe. Eres todo lo que Marie ha dejado. Debes darte prisa, porque incluso ahora puede ser demasiado tarde".

Un profundo estruendo recorrió su cuerpo. Volvió la cabeza para mirar hacia atrás y comenzó a temblar. El disco negro en el cielo ahora era gigantesco, se comía casi una cuarta parte de las estrellas en los cielos y estaba creciendo.

Jiibay se desvaneció en su estrella y la estrella retrocedió para tomar su lugar en el coro de luz.

Se puso de pie y se volvió para ver a Zaagi de pie junto a ella. Levantó la pata, extendiéndosela a ella. Ella se agachó un poco y lo agarró de la pata. Miraron a su alrededor. Estaban en la cima. Solo había dos opciones. A un lado de la montaña había un vacío que conducía al exterior. En el otro lado, los escalones que conducían a los agitados agujeros negros que se comían todo a su paso. Una grieta desgarradora explotó bajo sus pies al tiempo que la montaña comenzaba a desintegrarse.

"¿Hacia dónde, Elizabeth?", preguntó Zaagi.

"Hacia adelante", respondió ella. Zaagi asintió. Juntos, apretaron el paso y se metieron al aire vacío.

CAPÍTULO VEINTIDÓS

El árbol de Josué

~Elizabeth

Una luna creciente colgaba como el arco de un violín. Brillaba contra la oscuridad absoluta de la noche, e iluminaba el paisaje desértico, donde montañas de color ciruela se divisaban en el horizonte. El cielo estaba sin estrellas.

Elizabeth se sentó en la arena cálida y miró a los ojos de Marie. Elizabeth estaba vestida con su camiseta roja y sus pantalones vaqueros, y llevaba su atrapasueños alrededor del cuello. Marie vestía una bata blanca de algodón, salpicada de pequeñas rosas rosadas. El pelo enmarañado se aferraba a la hinchada y pastosa cara de la mujer mayor. Sus ojos estaban semicerrados y nublados. Una venda gruesa se le curvaba alrededor de la oreja hasta la parte posterior de la cabeza. Elizabeth apenas se reconoció a sí misma en esta mujer adulta que estaba sentada frente a ella.

Se sentaron con las piernas cruzadas, una frente a la otra. Extendieron sus brazos y envolvieron sus manos alrededor de sus muñecas. Sus brazos formaban un círculo. En el suelo, entre ellas, parpadeó una pequeña llama pálida.

Algo en la mente de Elizabeth cambió, como un espejo que refleja la imagen de otro espejo. Se vio a sí misma a través de los ojos de Marie, una joven de pelo corto y ojos muy abiertos. El espejo volvió a moverse, y una vez más ella estaba dentro de sí misma.

"¿Dónde estamos?", preguntó Elizabeth. "¿En qué momento?"

"En el medio, creo", dijo Marie. Cada palabra sonaba pesada.

Elizabeth miró por encima del hombro de Marie. Un solo árbol se elevaba a unos dos metros del suelo y luego brotaba una maraña de ramas que se enroscaban alrededor las unas de las otras, alcanzando el cielo. Cada extremidad terminaba con una mano o un guante de hojas verdes delgadas apuntando hacia el cielo. Miró a Marie, que también estaba mirando el árbol.

"Parece que está rezando", dijo Marie, mirando a Elizabeth.

"Te acuerdas", dijo Elizabeth.

"Es un árbol de Josué".

Elizabeth sonrió. "Mamá y papá nos trajeron a acampar aquí con Parker". Su agarre se aflojó y se relajó, y luego volvió a apretarse. Se mecieron al unísono, adelante y atrás.

"Ayúdame. Ayúdanos", susurró Elizabeth. Sus hombros temblaron. "Si me dejas ir, puedes salvarnos a las dos".

Marie miró la llama, que se había vuelto más pequeña, más débil, casi como una llama de fósforo. Cerró los ojos y le cayó la barbilla sobre el pecho. El aire silencioso parecía pesado y espeso.

Elizabeth sacudió las manos con fuerza, casi tirando de Marie dentro de la pequeña llama. Los ojos de Marie se abrieron y la llama creció.

"¡Despierta, Marie! ¡Despierta ahora!"

"Te perderé para siempre", dijo Marie, evitando sus ojos. Elizabeth podía sentir el miedo, el puro terror de perder todo, que venía de las manos de Marie. Ella misma lo había sentido.

"Te encontraré. Sé cómo cruzar ahora. Le contaré a Federico la historia".

"No. Nunca puedes estar en el mismo lugar que yo; todo se derrumbará. Es un baile, Elizabeth. Estoy bailando y estoy en mi límite ahora, no puedo sostenernos a las dos en un solo lugar. Y estoy muy, muy cansada".

El cuerpo de Marie se desplomó hacia adelante, su cabeza cayó sobre la pequeña llama y una suave luz azafrán bailó en su rostro. Elizabeth bajó la cabeza y se inclinó hacia adelante hasta que sus frentes se tocaron, la llama lamiendo sus barbillas.

"Fede", dijo Elizabeth simplemente.

Los ojos de Marie se abrieron bruscamente y brillaron como chispas. Ella sacudió su cabeza.

"Creo que él está roto por dentro, Elizabeth".

"Yo también lo creo". Elizabeth asintió. "Piensa que no puede dejar que nadie lo vea así. Lo oculta incluso de sí mismo".

"Él me ayudará, nos ayudará", dijo Elizabeth, levantando la cabeza, la emoción iba aumentando en su voz. "Fede puede ayudarte a *mantenerlo* alejado de ti, puede contarte nuestra historia después de que se la cuente, y te curarás, él puede…"

Marie levantó la cabeza y la sacudió. "Fede tiene sus propios problemas. Involucrarlo sería usarlo".

"Está enamorado de ti. Él también está tratando de salvarse con historias".

Marie volvió a enfocar los ojos en Elizabeth. La llama creció. Detrás de las montañas, un rayo brilló. Un estruendo bajo rodó sobre ellos.

"Escúchame, Marie O'Connor", dijo Elizabeth con firmeza. "Es la única manera".

"Perdí a Parker. Perdí a papá y a mamá".

"Yo también lo hice. Los voy a encontrar, pero primero tengo que salvar a un suricata. Me necesita. Y hay un hombre quebrado que también te necesita. Nos salvaremos, porque somos guerreras, Marie. Soy una guerrera y tú también. Nos paramos y luchamos".

La llama iluminó sus caras. Azotó y ardió con furia, y las chispas se arremolinaron en el cielo. Los rayos brillaron directamente sobre sus cabezas. El trueno rugió.

"Lo olvidaré todo", dijo Marie, su voz era casi un susurro. "Para siempre. Incluso Parker no podrá alcanzarme", dijo Marie.

"*Yo* podré alcanzarte. A través de Fede. A través de sus historias. Nos encontraremos de nuevo y lo recordaremos todo. Confía en mí ahora, Marie. Las estrellas te cantarán. Hazlo ahora", dijo Elizabeth. Luchaba por liberarse del fuerte agarre de Marie.

Marie abrió la boca para hablar. El vello en la piel de Elizabeth se puso de punta y un destello de calor rodó sobre ella. El árbol de Josué cercano se rompió en astillas y se incendió cuando un rayo lo golpeó.

Marie se echó hacia atrás, casi tirando a Elizabeth dentro de la flamante llama entre ellas. Se contuvo, vacilando, mientras el cabello se le enredaba y la fustigaba salvajemente alrededor de la cara. Miró a Elizabeth.

"¿Ahora?", preguntó Marie.

Elizabeth asintió y articuló la palabra "adiós".

Marie la soltó.

Otro relámpago estalló entre ellas. Un millón de fragmentos de prisma giraron y colisionaron. Para Elizabeth, la ruptura fue también un nacimiento. Cada parte del mundo roto se empujaba contra la otra, como los polos iguales de un imán se empujasen contra sí mismos. Se alejaron en la oscuridad, quedó solo la luna, sola y temblando en la inmensidad. Aun así, estaba viva, y se giró para encontrar un nuevo sol.

CAPÍTULO VEINTITRÉS

De vuelta a su jaula

~Federico

Sacudiendo la cabeza después de su propia tos profunda, Elizabeth terminó su historia. Zaagi se movió al otro lado de ella y bostezó tras haber dormido varias horas después de que las estrellas y la luna hubieran salido sobre nosotros. Nos sentamos en silencio en el banco del parque.

"Entonces, ¿te llamo Elizabeth o Marie?"

Ella me frunció el ceño.

"Perdón", le dije.

Ella sacudió su cabeza. "Marie es Marie. Soy Elizabeth. Tal vez alguna vez fuimos iguales, pero ahora somos dos personas diferentes, sin importar lo que Jamu haya dicho".

"Entiendo".

"Creo que Marie está despierta."

"¿Sí?". Me senté derecho. "¿Cómo está? ¿Puedo verla?"

"No te recordará", dijo Elizabeth. "No se acordará de mí". Una lágrima solitaria rodó por su mejilla y se la limpió apresuradamente. "No recordará quién es y no recordará a su esposo ni lo que pasó".

"¿Y qué es exactamente lo que pasó?"

Ella se volvió hacia mí, suplicando. "Él la va a llevar a casa

161

pronto, de vuelta a su jaula. La lastimó, Federico. Por favor, no puedes dejar que eso vuelva a suceder nunca más". Ella tomó mi mano. "Puedes darle una nueva vida, un nuevo comienzo. Puedes ayudarla a sanar y mantenerla alejada de ese... hombre".

Me inundó una mezcla de emociones, todas luchando dentro de mí: enojo con Carl, alegría de que Marie estuviera viva, con la esperanza de que su memoria regresara. También estaba decidido a hacer todo lo posible por ayudarla, pero temía no poder cumplir con la tarea crucial que me asignaba esta joven.

"No. No soy la mejor persona para esto, para ella. Además, es una decisión que tiene que tomar ella sola".

"Ya la tomó, Fede. ¿Por qué crees que me envió a ti en primer lugar? Ahora tengo mi propia vida, mis propios recuerdos y no pertenezco a este mundo. Yo pertenezco en Gichi Manidoo. Cuéntale mi historia, escríbela".

Asentí. "Lo he hecho, Elizabeth. Ya se la dejé a ella. La leerá o no, y tomará sus propias decisiones. Ella es fuerte, ya sabes. Más fuerte que yo".

"Gracias". Ella acarició la cabeza de Zaagi distraídamente, sus ojos se centraron en el lago distante. "¿Puedo preguntarte algo?"

"Por supuesto".

"¿Qué está pasando? ¿Soy real? ¿Es Gichi Manidoo real? ¿Cómo puedo cruzar los mundos tan fácilmente?", preguntó Elizabeth.

Tomé una respiración profunda. Me acerqué a ella y presioné a Zaagi suavemente en su estómago con mi dedo. Sus ojos se abrieron de golpe. Gruñó por reflejo, luego frunció el ceño cuando se dio cuenta de quién lo había pinchado. "Humph", dijo. Se dio la vuelta, se acomodó una vez más y cerró los ojos.

"Zaagi parece bastante real", le dije. "Y bastante gruñón, podría añadir. Mira, no lo entiendo todo. Pero sí sé que hay muchos que creen que este no es el único mundo, que puede haber millones, tal vez un número infinito de mundos paralelos, tan reales como el nuestro. Tal vez hayan sido creado a partir de sueños, por soñadores que bailan valses en sus sueños".

Elizabeth se echó a reír y asintió.

"Necesito curarme. Ella necesita curarse. Tal vez algún día…", dije.

Zaagi se detuvo a mis pies, se levantó y me entregó algo. Lo tomé. Era una fresa gorda y madura. Fresca y ácida, sabía a verano y a luz del sol.

"Gracias", le dije, riendo. Él asintió, se apresuró a volver a la banca y se sentó junto a Elizabeth.

Elizabeth me dio unas palmaditas en la mano. Se puso de pie y se detuvo frente a mí, Zaagi a su lado. Se quitó el atrapasueños, lo levantó sobre mi cabeza y me lo colocó alrededor del cuello. Las plumas y las cuentas brillaban en la oscuridad, iluminando nuestros rostros.

"Iremos a Gichi Manidoo para descubrir quién soy", dijo en voz baja, mirándome a los ojos. Zaagi murmuró algo que no pude captar lo suficiente. Elizabeth sonrió. "Y Campanilla. También vamos a encontrar a Campanilla. Únete a nosotros cuando estés listo. Jamu me dijo que las jaulas pueden protegernos hasta que estemos listos para ser libres. Es el momento, Fede".

"Tengo que hacer algo, primero…"

Antes de que pudiera terminar, ella se llevó un dedo a la boca. "Shhh. No digas nada".

Ella y Zaagi se alejaron en las oscuras sombras.

CAPÍTULO VEINTICUATRO

De colores

~*Federico*

Un grito metálico resonó en mis oídos. Sacudí la cabeza y me puse de pie, mis piernas temblaban. La rueda delantera del auto deportivo que había alquilado, ahora descansaba boca abajo, girando perezosamente. Un destello de luz de luna se reflejaba en mis ojos cada vez que la llanta pulida giraba. Di a tropezones unos pasos y me derrumbé en un pequeño barranco. Mi aliento se condensó en el aire frío y alto del desierto — pequeñas bocanadas que resoplaban hacia arriba mientras mi pecho se alzaba. Dejé escapar un profundo gemido.

A mi alrededor, las montañas de la Sangre de Cristo se alzaban como centinelas oscuros. Me parecían familiares, pero no podía estar seguro de dónde estaba— en algún lugar cerca del Pico Truchas Norte en el desierto de Pecos, porque pensé que lo había reconocido en la distancia. Debería haber sabido dónde estaba, pero el alcohol en mi sangre se derramó por mi cerebro y entumeció mis sentidos. Me hizo sentir aturdido y lento como un cuchillo de mantequilla envuelto en una toalla. Se me revolvió el estómago, y sentí algo agrio en la parte posterior de la lengua. Me incliné y tuve arcadas. Olí el humo intenso y la turba del whisky que había bebido, al tiempo que escupía y el contenido de mi estómago salpicaba en el suelo.

Tanteé mi cadera. El Smith & Wesson de 9 mm todavía estaba ajustada en su funda. Cambié el peso de pierna y traté de sentarme. Un latido sordo me pulsaba a través de la nalga y por la espalda. Me estremecí por el dolor, pero agradecí que nada se sintiera roto. Contemplé la Vía Láctea flotando en el cielo.

"Hola, vieja amiga", me las arreglé para hablar con voz ronca.

Me había ido en un vuelo a mi ciudad natal, Santa Fe, ayer por la mañana. Mi primera tarea fue ir de borrachera con algunos viejos amigos del ejército. Terminamos en una pequeña cantina en las afueras de Los Álamos, bebiendo, jugando billar y lanzando dardos. Un guardia de seguridad me echó a la calle unas horas después por pelear. El tipo que lo inició era un hombre pequeño con una sonrisa de comadreja, un diente de oro y una ficha en su hombro, ansioso por probarse contra un hombre más grande. Había conocido a muchos como él antes, y por lo general me alejaba, pero esta vez, por mi estado de embriaguez, le di lo que quería.

Él no salió bien.

Mientras me alejaba, creí escuchar una sirena de ambulancia detrás de mí. O tal vez era la policía. Me dirigí hacia las montañas. El pavimento dio paso a la grava que, a su vez, dio paso a un sendero.

Me pregunté si Marie había leído el manuscrito, si Isabel

había podido dárselo. *Dios me ayude, he decepcionado a Marie. Debería haberle puesto fin a Carl de una vez por todas antes de irme.*

Pero luego recordé que no dependía de mí. Tal vez ella quiera irse a casa con él, de vuelta a su jaula. Eso es posible, lo sabía. Pero al menos si leyera la historia de Elizabeth, tendría una oportunidad, encontraría otro camino que estaba abierto para ella. Sin memoria, podría estar tan profunda como para no poder desenterrarse nunca más. *¿Lo habrá leído? Lo que significaba, ¿Jiibay tuvo razón en que podría ser demasiado tarde, o le cantarán las estrellas a ella?*

Me toqué la frente. Era como si mis dedos hubieran roto una presa. La sangre se me metió dentro de los ojos. Me acerqué y levanté suavemente el borde de mi cuero cabelludo. Un fragmento de vidrio me cayó sobre el pecho. Me limpié la sangre de los ojos con la manga de la chamarra.

El sonido metálico se detuvo y pude oír de nuevo. El silencio era ensordecedor, anhelaba que volviera el zumbido, su dolorosa puñalada en el cerebro. A mi derecha, piñón y enebro enmarcaban una espina dorsal sobre la cual un pequeño sendero conducía hacia arriba, a una sierra irregular. Los músculos me temblaron cuando intenté pararme. Una vez en posición vertical, el mundo se tambaleó a mi alrededor. Esperé a que el suelo se sintiera estable bajo mis pies. Después de unos momentos, salí por el sendero. Sabía lo que estaba buscando. Magia. Estaba buscando la magia que recordaba de mi infancia. Solía sentirla cuando vagaba aquí cuando era solo un niño. Hasta ahora, sin embargo, las únicas cosas que caminaron conmigo en el abrazo de la noche fueron mis demonios.

Mientras avanzaba con dificultad por el camino, vi chiles habaneros maduros en los laterales. No crecen silvestres. Alguien los había plantado. Qué extraño, pensé. Me incliné, cogí uno, me lo metí en la boca y comencé a masticarlo. Agujas ardientes me apuñalaron las mejillas y la lengua, y trajeron lágrimas a mis ojos.

Doblé una curva y el camino terminó al pie de una losa alta de roca lisa. Simplemente terminó. Recordé la escalera de la montaña que Elizabeth y Zaagi habían subido. Pero aquí, en el mundo "real", no hay escaleras que nos saquen de nuestro dolor, no hay señales que indiquen el pasaje que conduce a la redención o a la gracia. Me deslicé hasta sentarme con la espalda apoyada en la montaña.

Saqué la pistola de su funda y pasé un dedo por el cañón. Saqué el seguro y levanté el arma, era real y sólida. Cerré mis ojos.

Al principio, me llegaron las imágenes habituales, las que me masticaban y amenazaban con tragarme todos los días de la misma forma en la que me había tragado el habanero. Afganistán, sangre, humo, los grandes ojos de Budowski incapaces de gritar cuando la muerte lo derribó. Luché contra ellas, y en lugar de eso saqué algo que se escondía detrás de los demonios: los ojos de mi madre mientras cantaba una canción de cuna, los rizos negros y suaves de su cabello rozaban mi frente mientras se inclinaba sobre mí. Brillaban a la luz de la luna que se filtraba por una ventana. Mi cuerpo se relajó y sentí que la pistola se aflojaba. La puse en el suelo junto a mí mientras la canción de los colores de la primavera flotaba de nuevo en mi mente.

De colores, de colores es el arcoíris que vemos lucir
Y por eso los grandes amores
de muchos colores me gustan a mí.

Pero ahora, el único color que podía ver era el de la icterica amarilla en sus ojos mientras me daba el amor que le quedaba. Y luego, incluso esa imagen desapareció, reemplazada por las costras de la aguja en el interior de su brazo mientras me acostaba en la cama. *Mi pequeño Fede, te veré en el callejón mañana y te compraré sopaipillas y miel. Te amo.* Luego me dejaba solo y salía a la noche.

Abrí los ojos justo a tiempo para ver a una gran lechuza cornuda que rozaba las copas de los árboles, se deslizo a través de un claro y desapareció en las sombras. La seguí con mis ojos y allí, en el centro del claro, estaba la razón por la que había venido.

María.

No mi Marie, por supuesto. La nombré así en honor a María en *West Side Story* por la forma en que la criatura parecía bailar sobre la tierra.

Era el caballo que había visto en Afganistán. No era gris, sino de un blanco puro, con ojos azules. Se abalanzó hacia mí con las orejas hacia adelante, las fosas nasales enrojecidas, la cola hacia arriba, la cabeza apuntando hacia abajo en el cuello arqueado y luego bailó de lado. Se detuvo y me miró directamente.

West Side Story era el único musical que había visto hasta que entré a la universidad. Ahorré mis centavos y me escabullí de la hermana Guadalupe y de las otras monjas severas, solté los ahorros de mi vida en el mostrador de boletos del teatro, me atiborré de palomitas de maíz y me enamoré de la forma en la que solo pueden hacerlo los niños de trece años.

¿Era María un síntoma de enfermedad? ¿El caballo que había visto ser masacrado mientras me agachaba indefenso en nuestro agujero en Afganistán, había regresado para perseguirme? ¿Eran ella y Elizabeth ambas alucinaciones? ¿Estaba ella aquí para mostrarme que no solo estaba roto por dentro, sino que era culpa mía porque no pude evitar que fuera masacrada? ¿Así como no pude detener a los inocentes que había masacrado yo mismo?

"No pude salvar a mi madre. No pude salvarte. No pude salvar a Marie".

María dejó caer la cabeza, la levantó de golpe e hizo un círculo hacia el cielo con el hocico.

"Amo a Marie". Nunca lo había admitido en voz alta. Ni siquiera estaba seguro de haberlo admitido en mi cabeza hasta ahora.

Ella agitó su cola y apuntó las orejas hacia mí. No pronunció sonido, pero las palabras se formaron claramente en mi mente, resonando dentro de mi cabeza como el toque de una campana de bronce.

Sígueme.

Era hora de decidir. Cogí la pistola y la examiné. Con la otra mano, levanté el atrapasueños que brillaba en mi pecho.

Una vez más, ella bailó de lado y se volvió. Me miró por el costado y se alejó hacia la niebla de la mañana que se juntaba frente a ella.

Dejé el arma, me levanté y di un paso hacia un nuevo día.

CAPÍTULO VEINTICINCO

Diario 29/01/2019

~Marie

Me llamo Marie Mulligan, nacida como Elizabeth Marie O'Connor, en El Paso, Texas, el veintitrés de septiembre de 1986. O eso he sabido al leer este manuscrito.

Me lo dio mi amiga Isabel. Ella me dijo que me lo escribió un hombre llamado Federico, y que él también es mi amigo. Es algo terrible perder la memoria. Pero quizás también sea una bendición, ya que pocas personas tienen la oportunidad de comenzar de nuevo.

Un hombre llamado Carl Mulligan dijo que mañana me llevará a casa con él, que soy su esposa y que le pertenezco a él.

No creo que vaya a ir con él. Sé a dónde voy.

Las historias son puentes que nos llevan a donde necesitamos ir, y la verdad es lo que digo que es.

Elizabeth y Zaagi han ido a Gichi Manidoo para encontrar a sus padres y ayudar a un hermoso y triste suricata a liberar a su amada Campanilla de su jaula. Pero esa decisión, se quede o se vaya, en última instancia será suya, no de Elizabeth ni de Zaagi.

Me voy por la mañana a Santa Fe, Nuevo México. Federico me dijo una vez que encontró magia allí cuando era niño en las montañas místicas de la Sangre de Cristo. Creo que su propio

Gichi Manidoo tocará nuestro mundo allí, y que él y yo nos volveremos a encontrar. Puede estar allí, buscando a su Marwolaeth, porque de estos escritos he aprendido que él también está encerrado en una jaula de dolor, ira y resentimiento que ha tratado de enterrar. Tuve que tomar la decisión de comenzar a curarme, y él debe hacer lo mismo. Pero estaré allí si él me necesita, ya que trató de estar ahí para mí. Esa puede ser una historia que contaré en el futuro.

Fin.

Epílogo

~Zaagitoon

"Campanilla está cerca, ¿no es así, Elizabeth?"

Nos paramos en un pequeño grupo de abedules al pie de un camino estrecho. Arriba, el cielo índigo oscuro estaba lleno de estrellas. Los agujeros negros se habían ido.

"¿Querrá ella dejar su jaula?", le pregunté.

"¿Quieres enterarte?"

"Sí, vamos". Giré en un círculo y alisé me la piel de la cabeza con la pata. Girar es para cuando estás alegre. Si hubiera más giros en este mundo, habría muchas menos jaulas. "Y luego encontraremos nuestro camino a casa, Elizabeth".

"Muy bien, pero tienes que prometerme algo", dijo Elizabeth. La miré y asentí. Elizabeth se agachó y me tomó la pata en su mano. "Lo que sea que ella decida, siempre recordarás las cosas que son importantes".

"Las cosas del corazón".

"Sí. Y esas historias nos pueden liberar. Cuéntale una historia desde tu corazón, y ella sabrá qué hacer".

"Tengo una historia increíble, Elizabeth", le dije, azotando la cola de izquierda a derecha.

"Yo sé que sí. Vamos, encontremos a Campanilla".

Bajamos por el sendero hacia un campo de narcisos

amarillos, que florecían bajo el pálido cielo anaranjado de un sol casi elevado. Salimos de la oscuridad. Cuando entramos en el campo de flores, cuatro mariposas azules y rosas se juntaron y volaron en un pequeño círculo. Elizabeth me miró y yo la miré. Ambos sabíamos quién estaba renaciendo.

AGRADECIMIENTOS

Los libros no se escriben solos, ni las historias se cuentan a sí mismas. Este es mi primer intento. No habría sucedido sin la ayuda y el apoyo de mucha gente. Me gustaría ofrecer mi gratitud.

A mi esposa, Inna Musser, que soporta el viaje, los altibajos. Gracias por siempre, amor.

A mis editores, gurús literarios, compañeros de prosa y bailarines de poesía, enamorados de la narración de sirenas, que me ayudaron a enseñarme el difícil oficio de la ficción, leyeron y comentaron y editaron varias etapas del manuscrito, y compartieron su alegría por las palabras (en la medida en que no lo haya hecho bien, o incluso de manera pasable, la culpa es completamente mía): Amelia Bennett; D. Michael Whelan; Courtney LoCicero; Karen Janowsky; Charlotte Courtney; Ethan Anderson; Larry Wiseman; Liv Miles; Melissa Kaye.

A mis amigos, del trabajo y de otros lugares, por su aliento e inspiración para seguir escribiendo; Cindy Krieger; Susan Nelson; Jennifer Chapin; Josh Cummings; y muchos otros, demasiados para mencionar.

Elizabeth: *On ne voit bien qu'avec le cœur.*